# CONTOS DE TERROR E MISTÉRIO

*Edição bilíngue*
**Edgar Allan Poe**

# CONTOS DE TERROR E MISTÉRIO

## *Tales of Terror and Mystery*

Adaptação de Telma Guimarães
Ilustrações de Rogério Borges

Dados Internacionais de Catalogação na Publicação (CIP)
(Câmara Brasileira do Livro, SP, Brasil)

Guimarães, Telma
 Contos de terror e mistério = Tales of terror and mystery / Edgard Allan Poe ; adaptação [e tradução] de Telma Guimarães ; ilustrações de Rogério Borges. -- 2. ed. -- São Paulo : Editora do Brasil, 2020. -- (Coleção biclássicos)

 Edição bilíngue: português/inglês
 ISBN 978-65-5817-292-5

 1. Contos norte-americanos I. Poe, Edgar Allan, 1809-1849. II. Borges, Rogério. III. Título. IV. Título: Tales of terror and mistery. V. Série.

20-53022                                                                 CDD-813

Índices para catálogo sistemático:
1. Contos : Literatura norte-americana   813
Cibele Maria Dias - Bibliotecária - CRB-8/9427

© Editora do Brasil S.A., 2020
*Todos os direitos reservados*

Texto © Telma Guimarães
Ilustrações © Rogério Borges

**Direção-geral:** Vicente Tortamano Avanso

**Direção editorial:** Felipe Ramos Poletti
**Supervisão editorial:** Gilsandro Vieira Sales
**Edição:** Paulo Fuzinelli
**Assistência editorial:** Aline Sá Martins
**Auxílio editorial:** Marcela Muniz
**Apoio editorial:** Maria Carolina Rodrigues
**Supervisão de Artes:** Andrea Melo
**Design gráfico:** Cida Alves
**Editoração eletrônica:** Patricia Ishihara
**Supervisão de revisão:** Dora Helena Feres
**Revisão:** Eduardo Passos e Camila Gutierrez
**Supervisão de iconografia:** Léo Burgos
**Pesquisa iconográfica:** Priscila Ferraz

2ª edição/3ª impressão, 2023
Impresso na Forma Certa Gráfica Digital

Rua Conselheiro Nébias, 887
São Paulo, SP – CEP: 01203-001
Fone: +55 11 3226-0211
www.editoradobrasil.com.br

*Para meu amigo, o escritor
Jonas Ribeiro, pelas nossas parcerias
literárias recheadas de mistério!*

## Contos de terror e mistério

A caixa retangular............................................9

O último pulo do sapo....................................23

O gato preto...................................................35

Os crimes da rua Morgue...............................47

Tales of Terror and Mystery ................. 79

Glossary ....................................................... 104

O pai das histórias modernas de detetive .......................................... 112

# A caixa retangular

*Há alguns anos, viajei a bordo do navio Independência, de Charleston, na Carolina do Sul, para a cidade de Nova York. No dia catorze de junho, fui a bordo para arrumar algumas coisas no meu camarote. Se o tempo estivesse bom, viajaríamos no dia seguinte.*

Imaginei que o navio teria muitos passageiros, inclusive mais mulheres do que o normal. Verifiquei a lista e vi que muitos conhecidos meus estariam lá; entre eles, um jovem artista e amigo especial, Cornélio Wyatt. Fomos colegas na Universidade, onde estávamos sempre juntos. Como todo gênio, ele era sensível, entusiasmado e solitário... Uma pessoa muito franca, de alma impetuosa.

Notei que três cabines estavam registradas em nome de Cornélio Wyatt. Conferi a lista de passageiros mais uma vez e descobri que ele havia comprado uma passagem para si próprio, para sua mulher e para duas irmãs dele. As cabines tinham espaço suficiente para acomodar duas camas, uma em cima da outra. É fato que essas camas eram tão estreitas que só acomodavam uma pessoa. Mas, ainda assim, por que Cornélio havia reservado três cabines com duas camas em cada para quatro pessoas? Como eu andava muito curioso àquela época, preocupei-me com a história das cabines a mais. Sei que não era de minha conta, claro, mas acabei fazendo algumas previsões para tentar resolver o mistério.

"Só pode ser uma criada!", concluí. Mas ao olhar a lista novamente, não vi nenhum nome de criada que os estivesse acompanhando, muito embora tivessem pensado nisso, pois as palavras "e criada" tinham sido escritas e, depois, riscadas da lista.

"Com certeza eles tinham muitas malas e quiseram acomodá-las por perto, e não no porão... Pode ser um quadro ou algo do gênero. Deve ter sido isso que ele negociou com Nicolino, o judeu italiano...", concluí.

Eu conhecia as duas irmãs de Cornélio. Elas eram amáveis e inteligentes. Quanto a sua esposa, casara-se havia pouco e eu não a conhecia ainda. Muitas vezes falara a seu respeito, todo animado: lindíssima, muito inteligente e prendada. Por isso, eu estava ansioso por conhecê-la.

Neste dia em que visitei o navio, fui informado pelo capitão que Cornélio e sua família também estavam lá. Prolonguei minha estada em mais de uma hora na esperança de ser apresentado à jovem esposa, mas recebi a desculpa de que a senhora Wyatt só viria para o navio no dia seguinte, à hora da partida, porque estava indisposta.

Um dia depois, encontrei o Capitão Hardy a caminho do cais. Ele me contou que, devido "às circunstâncias", o *Independência* não zarparia antes de um ou dois dias. Quando tudo estivesse em ordem, ele avisaria. Achei aquilo estranho... O tempo estava bom, com uma brisa constante do sul... Como as "circunstâncias" não estavam bem claras, voltei para casa.

Esperei quase uma semana pelo recado do capitão. Quando chegou, dirigi-me ao navio. Ele estava repleto de passageiros, que se aglomeravam à espera da partida. A família de Wyatt chegou quase dez minutos depois de mim: as duas irmãs, a esposa e meu amigo, como sempre de fisionomia bem triste. Como eu estava habituado com a família, não prestei mais atenção do que o de costume. Vendo que meu amigo não me apresentava à esposa, sua irmã, Mariana, tratou de fazê-lo.

A senhora Wyatt usava um véu sobre o rosto e o ergueu para cumprimentar-me. Levei um susto e fiquei chocado. Decididamente a esposa de meu amigo não era nem um pouco bonita. Estava mais perto da feiura e tinha um gosto estranho para roupas. Concluí que deve ter conquistado o coração de Cornélio por sua inteligência. A jovem falou pouco e logo depois se afastou com o marido para o camarote.

Minha curiosidade estava à flor da pele. Eu tinha razão: não existia nenhuma criada. Procurei as malas. Depois de

algum tempo, avistei uma carroça no cais. Em cima dela, havia uma caixa de pinho, retangular, que parecia ser a última bagagem a embarcar. Logo após seu embarque, o navio seguiu viagem. A caixa tinha quase um metro e oitenta centímetros de comprimento, por noventa de largura. Fiquei observando-a com muita atenção. Aquele formato era bem característico para o transporte de quadros. Fiquei contente com a exatidão das minhas suposições, pois, como já havia pensado, essa bagagem extra devia conter um ou mais quadros que Wyatt negociara com Nicolino. Pelo formato podia ser uma cópia da *Última Ceia*, de Leonardo, e uma cópia dessa mesma *Última Ceia* que Rubini, o moço, fizera em Florença e que eu sabia estar em mãos de Nicolino. Era a primeira vez que Wyatt escondia algo de mim... Certamente pretendia contrabandear uma obra de arte para Nova York.

Porém, um detalhe me incomodava: a caixa estava na cabine de Cornélio, e não na cabine extra. Ficava no chão, ocupando todo o espaço e causando um enorme desconforto ao casal. Era mais incômodo ainda porque a tampa da caixa exalava um cheiro repugnante por causa da tinta com o endereço do destinatário:

*SENHORA ADELAIDE CURTIS, ALBANY, NOVA YORK. POR ESPECIAL GENTILEZA DO SENHOR CORNÉLIO WYATT. ESTE LADO PARA CIMA. CARREGAR COM CUIDADO.*

Só depois é que fiquei sabendo que a mulher em questão era a sogra do artista. Mas, na época, achei que o endereço era um disfarce. Eu estava certo de que a caixa e o que nela havia iriam para o estúdio do meu amigo em Chambers Street, Nova York.

O tempo foi bom durante os primeiros quatro dias, os passageiros estavam bem dispostos. A única exceção era

Cornélio e suas irmãs, que não se entrosaram com os demais. Meu amigo estava mais quieto do que de costume. Eu já estava acostumado com seu jeito ríspido, mas estranhei o comportamento das irmãs. Elas não saíam das cabines e, por mais que eu insistisse, recusavam-se a travar amizade com as outras pessoas a bordo.

O mesmo não se aplicava à esposa de Cornélio. Falante até demais, fez amizade com a maior parte das mulheres. Para meu espanto, olhava para os homens com indiscutível interesse. As senhoras divertiam-se às suas custas. Explico: achavam que ela era simpática, mas sem classe e de modos grosseiros.

Uma pergunta martelava o meu cérebro: como é que meu amigo havia caído nesse casamento? Dinheiro? Impossível. Lembro que ele contou que a esposa não tinha dotes ou herança. "Casei por amor!", ele certa vez me confidenciou.

Eu não me conformava com aquele casamento. Cornélio era um homem educado, um intelectual, uma pessoa exigente que admirava o belo. Talvez tivesse perdido o juízo. Enquanto a esposa dizia-se apaixonada, referindo-se a ele como "meu amado marido", o que a tornava motivo de riso entre os outros, ele não saía da cabine, deixando a mulher divertir-se no salão principal.

Minha conclusão era de que meu amigo, num ímpeto de paixão, casara-se com uma pessoa de nível completamente diferente do seu; como consequência de um ato impensado, sentia um desgosto profundo e irreparável. Uma pena isso ter acontecido, mas não podia deixar que ele ocultasse de mim o segredo acerca da *Última Ceia*. Sendo assim, decidi agir.

Um dia, enquanto passeávamos no convés, fiz algumas observações sobre a estranha bagagem.

– Aquela enorme caixa retangular tem um formato bem estranho, não? – eu observei, sorrindo, tocando-o nas costas. Cornélio teve uma reação incompreensível. Seus olhos ficaram arregalados e o rosto, vermelho. Depois empalideceu e, para meu espanto, começou a rir bem alto, uma risada nervosa, por um bom tempo. Então, caiu estatelado no chão. Tentei levantá-lo e ele parecia morto. Chamei por socorro e conseguimos fazê-lo voltar a si. Quando recobrou a consciência, passou a falar coisas sem sentido. Nós o colocamos na cama, em repouso. No dia seguinte, ele estava bem recuperado... Mas não posso dizer o mesmo quanto à sua saúde mental. O capitão do navio concordou comigo a respeito da insanidade de Cornélio e aconselhou-me que evitasse falar com ele. Decidi seguir seu conselho. Também nada comentei com outras pessoas a seu respeito. Era o melhor a se fazer.

Algumas outras coisas aconteceram depois... Fatos que contribuíram para aumentar a minha curiosidade. Eu andava nervoso e passei duas noites praticamente em claro. Todas as cabines de solteiro davam para o salão principal. A minha não era exceção. As cabines da família de Cornélio ficavam na ala de trás, separada da principal por uma pequena porta de correr. Como ninguém se dava ao trabalho de fechá-la, ela permanecia sempre aberta, mesmo durante a noite. Nessas noites quentes, deixei aberta a porta da minha cabine também. Da minha cama eu avistava a ala de trás, onde se situavam os camarotes da família Wyatt. Durante duas noites, vi a senhora Wyatt, por volta das vinte e três horas, sair às escondidas da cabine do marido e entrar na cabine extra, onde permanecia até de madrugada, quando era chamada pelo marido e voltava à sua cabine. "Está desvendado o mistério de uma cabine a mais: eles pretendem se divorciar e não querem dividir o mesmo quarto!", concluí.

Fiquei intrigado com um outro fato: durante a ausência da esposa, dava para ouvir uns barulhos estranhos na cabine de Cornélio. Fiquei na escuta, atento, e concluí que Cornélio tentava abrir a caixa de madeira com alguma ferramenta envolta em panos que faziam amortecer o som das batidas. De onde estava, acompanhei cada ruído e consegui distinguir o momento em que ele a abriu por inteiro. Tive a impressão de ter ouvido um gemido, um choro... Mas parecia ser tudo fruto da minha imaginação. Com certeza Cornélio Wyatt devia estar num de seus delírios artísticos... E abriu a caixa para admirar a preciosidade ali dentro. Portanto, não havia motivo para choro ou gemido. O que ouvi era resultado da minha imaginação fértil misturada ao chá oferecido pelo capitão Hardy. Antes do amanhecer de cada uma dessas duas noites, ouvi Cornélio recolocar a tampa sobre a caixa, batendo os pregos no lugar. Depois disso, saiu da cabine, bateu à porta da cabine da esposa e chamou-a de volta.

Um terrível vendaval abateu-se sobre nós no sétimo dia de viagem. Como o navio e a tripulação estavam preparados para essas mudanças climáticas, nada aconteceu. Mas depois de dois dias o tempo piorou muito e um furacão terrível partiu a nossa vela em pedaços. Ondas gigantescas varreram a popa do navio e com isso perdemos três homens. Içamos uma vela e assim conseguimos navegar, afrontando a fúria do mar. Recuperamos a calma, mas o temporal continuava, fazendo com que o mar ficasse ainda mais revolto. Depois de três dias de tempestade, por volta das dezessete horas, nosso mastro caiu. Os tripulantes estavam tentando consertá-lo quando o carpinteiro avisou que havia mais de um metro de água no porão. E o pior: as bombas estavam entupidas!

O desespero tomou conta de todos... E num esforço extremo para aliviar o peso do navio passamos a lançar ao mar toda a carga extra. Depois disso, ainda impossibilitados de usar as bombas, notamos que a entrada de água aumentava minuto a minuto.

A tempestade diminuiu ao cair da tarde. O mar acalmou-se e ficamos mais otimistas... Afinal, podíamos utilizar os barcos salva-vidas e ser resgatados. À noite, as nuvens deixaram passar uma lua grande e redonda que encheu nossos corações de ânimo.

Depois de bastante trabalho, conseguimos lançar o barco a remo ao mar. A tripulação e a maior parte dos passageiros amontoou-se nele. Em três dias, após muita tribulação, alcançaram a baía de Ocracocke.

O capitão, eu e doze passageiros permanecemos a bordo. Decidimos abaixar da popa o outro barco salva-vidas. Nossa batalha continuou nas águas. Lutávamos para não ser engolidos pelo mar. Éramos eu e meu criado, o capitão e sua esposa, Cornélio Wyatt e a família, um oficial mexicano com a esposa e mais quatro filhos. Não havia espaço no barco para mais nada, além de comida e

as roupas que vestíamos. Ninguém nem pensou em trazer algo especial. Assim, ficamos espantados quando, a poucos metros do navio, Cornélio levantou-se e pediu que o capitão retornasse à embarcação. Ele precisava pegar sua caixa!

– Nós iremos afundar se o senhor continuar em pé! – o capitão gritou, irritado. – O navio está indo a pique!

– A caixa! – Cornélio gritou, muito nervoso. – O senhor não pode recusar o meu pedido! Ela pesa pouco... Pelo amor de Deus, eu imploro que volte!

Por alguns segundos, achei que o capitão fosse mudar de ideia, mas retrucou em seguida:

– O senhor perdeu o juízo! Nosso barco vai virar... Sente-se agora mesmo! Segurem esse homem! – ordenou. – Ele vai cair no mar!

Mas já era tarde demais. Cornélio pulou na água e passou a nadar em direção ao navio. Pouco depois, subiu na embarcação por uma corda e, de onde estávamos, o avistamos correndo no convés em direção às cabines.

Tentamos remar para mais perto do navio, mas as ondas nos arremessavam a todo instante para mais longe. Cornélio era mesmo um louco! Com enorme esforço, arrastava a caixa retangular pelo convés. Espantados, vimos quando ele passou uma corda em torno da caixa e depois em volta de seu próprio corpo. Então, a caixa e Cornélio, amarrados como um só, caíram no mar, desaparecendo na mesma hora para todo o sempre. Começamos a remar mais lentamente. Não estávamos acreditando no que nossos olhos viam! Não conseguíamos parar de olhar para aquele ponto... Mas tivemos de prosseguir. Ficamos quietos, em silêncio, por uma longa hora.

– O senhor notou como eles afundaram no mesmo instante? Quando ele amarrou-se junto ao caixão achei que talvez houvesse um fio de esperança... – comentei com o capitão.

– Eu tinha certeza de que iam afundar... Mas quando o sal derreter, eles subirão para a superfície... – o capitão retrucou.

– O sal?! – eu levei um susto.

– Silêncio! – ele fez um gesto indicando a esposa e as irmãs do morto. – Podemos falar sobre esse assunto numa ocasião mais apropriada.

Depois de quatro dias em alto-mar, entre a vida e a morte, alcançamos a praia fronteira à ilha de Roanoke. Tivemos sorte, nós e nossos amigos do outro barco, igualmente salvos. Ali ficamos durante uma semana, até que conseguimos passagens para Nova York.

Um mês depois do acontecido, encontrei o Capitão Hardy na Broadway. Conversamos sobre o naufrágio do *Independência* e, é claro, acerca do triste destino de Cornélio Wyatt. Foi dessa forma que fiquei sabendo dos pormenores, que conto a seguir.

Meu amigo tinha comprado passagem para ele e a esposa, as duas irmãs e a empregada. Ele falava a verdade quando contava que a esposa era a mais linda e bondosa mulher que já conhecera. No dia catorze de junho, o mesmo dia em que visitei o navio pela primeira vez, a esposa ficou doente repentinamente e veio a falecer. Cornélio, desesperado de dor, não sabia que atitude tomar, pois não podia adiar

sua viagem para Nova York. Era preciso levar o corpo até o local onde a sogra morava e isso seria um problema, afinal, não se levava anonimamente um cadáver numa viagem! Tão logo tomassem conhecimento do fato, os passageiros abandonariam o navio.

Então o capitão Hardy conseguiu que o corpo fosse embalsamado e coberto por uma grande quantidade de sal. Depois, encaixotado e transportado como se fosse uma encomenda. Combinou-se que nenhuma palavra seria dada

a respeito da morte da jovem mulher. Passagem comprada para a esposa, era preciso que alguém tomasse seu lugar durante a viagem, para não despertar suspeitas. A cabine extra, comprada a princípio para a empregada, foi mantida. Era ali que a "esposa de mentira" dormia todas as noites. Como ninguém a bordo conhecia a falecida, a criada passou a desempenhar o papel da patroa, da melhor forma possível, enganando assim a todos.

Alimentei meu erro com precipitação, imprudência, curiosidade e impulso excessivos. Tem sido difícil dormir ultimamente. Quando eu viro de um lado para o outro, vejo um rosto... Um rosto que me deixa apavorado... Acompanhado de uma risada nervosa, histérica, que para sempre irá me seguir!

# O último pulo do sapo

Jamais conheci alguém tão brincalhão como o rei. Ele parecia viver só para o riso e a brincadeira. O melhor jeito para cair nas suas graças era contar-lhe uma boa piada ou um caso bem engraçado. Por isso, os sete ministros que o rodeavam eram também brincalhões. E a tudo se assemelhavam ao rei: eram grandes e gordos. E muito aduladores.

O rei, nem um pouco preocupado com a delicadeza e o refinamento que uma majestade deve ter, satisfazia-se a valer com a zombaria e as piadas de mau gosto.

À época da minha narrativa, os reis ainda mantinham os bobos em sua corte, vestidos como palhaços, com seus chapéus de guizos. Esperava-se que eles sempre pudessem manter os monarcas de bom humor, contando piadas e fazendo graça... Vivendo em troca de migalhas.

Nosso rei também tinha o seu bobo. Aos seus olhos, ele valia três vezes mais do que qualquer outro, pois era anão e, além disso, manco. Seu nome era Pula-Sapo. Mas esse não devia ser o seu nome verdadeiro, e sim o que recebeu por parte dos ministros do rei, devido a sua dificuldade em caminhar. Pula-Sapo movia-se de uma forma única e bem estranha: a cada pulo, uma contorção. E era por causa desse passo esquisito e inimitável que o rei e seus ministros davam boas risadas.

Apesar da enorme dificuldade de locomoção, Pula-Sapo tinha uma força enorme nos braços. Com certeza uma compensação da natureza em virtude das pernas tão curtas. Assim, era exímio quando se falava em subir em árvores ou balançar-se em cordas. Nessas horas, assemelhava-se mais a esquilos e macacos do que a sapos e rãs.

Não sei ao certo o país onde ele nasceu. Provavelmente vinha de região bárbara e bem distante, da qual ninguém ouvira falar. Pula-Sapo e uma jovem dançarina chamada Trippetta, de corpo bem feito, pouca coisa mais alta que ele, tinham sido tirados à revelia de seus lares e enviados de presente ao rei por um de seus generais. Os dois pequenos logo ficaram amigos.

Por mais que Pula-Sapo se desmanchasse em graça para a corte, não era nem um pouco popular. O mesmo não acontecia com Trippetta, provida de muita graça e beleza. Como possuía bastante influência, usava-a em benefício do amigo.

Certa vez, o rei decidiu dar um baile de máscaras. Nessas ocasiões, ele costumava solicitar o talento de Pula-Sapo e Trippetta. O bobo era muito criativo na organização de cortejos e na sugestão de fantasias. Nada era feito sem a sua assistência.

Finalmente a noite do baile chegou. Sob as ordens de Trippetta, o salão foi lindamente decorado. Os súditos esperavam por aquele momento, ansiosos. Cada um havia escolhido um personagem e seu traje. Tiveram um mês de antecedência para tal... Menos o rei e seus sete ministros. Não sei dizer se não o fizeram a título de brincadeira. Provavelmente porque acharam muito difícil escolher um traje apropriado que caísse bem em meio a tanta gordura! De qualquer forma, o tempo voou... E para socorrê-los, nada como a ajuda de Pula-Sapo e Trippetta.

Os dois amigos logo vieram à presença do rei que, junto com os ministros, bebia vinho. O monarca, de mau humor, sabia que a bebida deixava Pula-Sapo transtornado (segundo o rei, "alegre"). Mesmo assim, insistia que o pobre homem se encharcasse de bebida.

– Chegue mais perto, Pula-Sapo – ele fez um gesto e os dois se aproximaram. – Beba este vinho e brinde à saúde de seus amigos ausentes. Depois nos ajude com fantasias bem criativas para o baile de máscaras de hoje à noite. Queremos algo novo, diferente! Vamos, beba! O vinho vai ajudar com mais ideias!

Pula-Sapo suspirou. Ele bem que tentou responder com um gracejo, mas não conseguiu. Era o dia de seu aniversário e a menção dos amigos distantes encheu

seus olhos de lágrimas... Lágrimas que caíram dentro da enorme taça estendida pelo monarca.

– Ah, ah, ah! – o rei exclamou, rindo até não poder mais com as caretas que Pula-Sapo fazia ao beber. – Está vendo o que um bom vinho consegue fazer? Seus olhos estão até brilhando!

Coitado! Seus olhos não brilhavam, e sim soltavam faíscas, tamanho era o efeito que o vinho exercia sobre ele. Pula-Sapo colocou a taça de vinho sobre a mesa, olhando para todos os presentes. Tanto os súditos como os ministros pareciam divertir-se com seu mal-estar.

– Vamos lá! – disparou ansioso o primeiro-ministro.

– Ao trabalho! – o rei continuou. – Precisamos de sua ajuda com os trajes... Não sabemos o que vestir, de qual personagem podemos nos fantasiar... Todos nós! Ah! Ah! Ah! – sua risada era seguida pelas risadas dos ministros.

Pula-Sapo sorriu um tanto distraído.

– Ande logo! O que você sugere? – o rei estava impaciente.

– Estou me esforçando para pensar em alguma coisa nova... – Pula--Sapo respondeu, sentindo-se bastante alterado pela bebida.

– Está se esforçando? – o rei ficou louco de raiva. – O que isto significa? Ah, já entendi. Está de mau humor... Quer mais bebida. Tome! Ande! Beba mais! – e despejou mais vinho na taça.

Pobre Pula-Sapo! Ficou olhando para a taça com a respiração ofegante, o sangue esquentando o rosto todo.

– Estou ordenando que beba!

Pula-Sapo ficou em dúvida se pegava a taça ou não. Trippetta, pálida como nunca, ajoelhou-se em frente ao soberano e pediu que poupasse seu amigo. O tirano a examinou de alto a baixo por alguns segundos e em seguida empurrou-a com violência, atirando o vinho da taça no rosto da pobre moça.

Trippetta levantou-se na mesma hora e, arrumando a roupa com gestos nervosos, colocou-se junto à mesa.

Um silêncio reinou por alguns instantes... Interrompido somente por um barulho irritante que parecia vir de todos os cantos da sala.

– Por que você está fazendo esse barulho? – o rei virou-se, furioso, para Pula-Sapo.

– Eu? Mas como poderia estar fazendo esse barulho? – Pula-Sapo parecia ter recuperado o equilíbrio, pois respondeu com toda a calma do mundo.

– Acho que esse ruído veio de fora... – um dos ministros comentou. – Parece o

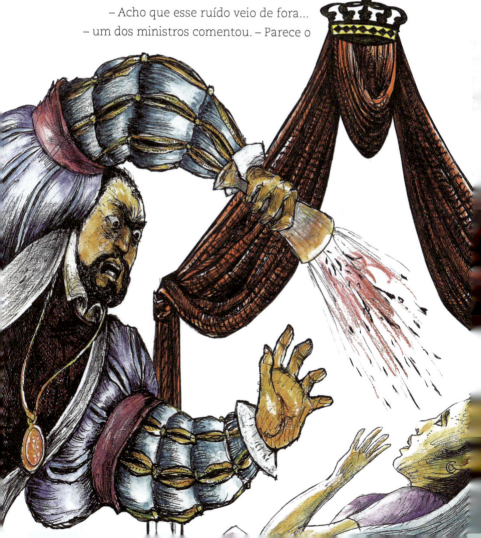

som de um papagaio afiando o bico nas grades de sua gaiola
– ele finalizou.

– Verdade... – o monarca retrucou, não muito certo disso.

– Eu podia jurar que era o ranger de dentes desse vagabundo!

Pula-Sapo sorriu mostrando os dentes feios, enormes, repulsivos, dando a entender que estava disposto a tomar todo o vinho que lhe fosse oferecido.

Mais calmo, então, o rei deu a ele outra taça. E Pula-Sapo, desta vez, passou a contar os seus planos para o baile de máscaras.

– No momento em que o senhor empurrou Trippetta, jogando o vinho em seu rosto, e enquanto ouvi o papagaio lá fora, tive uma ideia bem divertida... Na verdade, uma brincadeira que fazíamos nos bailes de máscara na minha terra natal. Infelizmente, precisamos de um grupo de oito pessoas... – Pula-Sapo suspirou, com ar de desalento.

– Somos oito! Eu e meus sete ministros! – o rei exclamou, todo prosa da descoberta inteligente que acabara de fazer.

– Vamos! Conte o que está planejando!

– Chamamos essa brincadeira de "Oito orangotangos acorrentados". É um sucesso, se bem representada, claro!

– Vamos representá-la muito bem! – o rei ficou animado.

– O encanto da diversão está no susto que ocasiona nas mulheres... – Pula-Sapo continuou.

– Ótima ideia! – o rei e os ministros exclamaram ao mesmo tempo.

– Vou fantasiar todos vocês. Deixem tudo comigo. As fantasias de orangotango ficarão tão perfeitas que os súditos vão ficar apavorados de medo.

– Que maravilha! – o monarca respondeu.

– Depois que estiverem prontos, vou acorrentá-los. As correntes vão dar um clima mais real à fantasia. Vocês precisam sacudir as correntes, fazendo bastante barulho, emitindo gritos bem selvagens. Os convidados terão a impressão de que os orangotangos fugiram de seus guardiões. Imagine, Vossa Alteza, o medo que essa fantasia pode ocasionar!

– É, certamente! – o rei retrucou para, em seguida, reunir os ministros. Eles precisavam colocar em prática o plano de Pula-Sapo.

Como àquela época ninguém havia visto um orangotango, a imitação que Pula-Sapo criou ficou bem convincente. Tanto o rei como os ministros vestiram camisas e calças bem justas. Em seguida, foram lambuzados com betume. Então, sobre o betume, Pula-Sapo jogou bastante linho, pois, segundo ele, isso daria a impressão de pelo. Depois trouxe uma corrente bem grossa e comprida, amarrando-a na cintura do rei e depois na cintura de cada um dos ministros, fazendo um círculo; finalmente Pula-Sapo passou a corrente no meio do círculo, formando um x para que ficasse bem presa.

O salão de baile era grande, de forma ovalada, e ficava na parte alta do castelo. Durante o dia, a única luz vinha de uma claraboia, no centro do teto. À noite, o salão era iluminado por um enorme candelabro que, conforme a necessidade, era abaixado ou suspenso pela corrente da roldana junto à claraboia.

Trippetta encarregara-se da decoração. Pula-Sapo sugeriu à amiga que retirasse o candelabro. Se ele ficasse pendurado com as velas, como de costume, pingos de cera poderiam cair sobre as ricas fantasias dos convidados. Assim, castiçais foram espalhados pelo salão e em cada uma das cinquenta cariátides ao longo do corredor colocou-se um toucheiro.

Pula-Sapo orientou os oito orangotangos que esperassem até meia-noite, quando o salão estaria repleto de convidados mascarados. Desta forma, fariam uma entrada triunfal.

À meia-noite os oito entraram, ou melhor, rodaram pelo salão, pois a corrente que os unia dificultava seus movimentos. O rei ficou maravilhado com a reação de terror nos rostos dos convidados. Por sorte, ele havia ordenado o recolhimento das armas; caso contrário, teriam sido abatidos em pleno momento de diversão! Tão logo viram as feras, algumas mulheres desmaiaram. Outras pessoas correram em direção à porta, desesperadas de medo. Mas como combinado anteriormente com o rei, Pula-Sapo escondera a chave no bolso após a entrada dos oito "orangotangos".

Naquele tremendo alvoroço, ninguém percebeu que a corrente que outrora prendia o candelabro balançava a um metro do chão, com seu enorme gancho na extremidade. Quando o rei e seus ministros encontraram-se no meio do salão, Pula-Sapo agarrou o gancho, passando-o rapidamente pela intersecção das duas partes da corrente. Na mesma hora ela começou a subir... E com ela, os orangotangos. Tão próximos estavam que seus rostos quase se tocavam. Os convidados perceberam que aquilo não passava de uma das brincadeiras do rei e começaram a dar risada.

– Eu me encarrego deles! – Pula-Sapo gritou e pulou feito um louco. – Acho que os conheço! Se eu der uma espiada, descubro quem são!

Em seguida, subiu por sobre as cabeças dos convidados, agarrou uma tocha de uma das cariátides e pulou, com a agilidade de um macaco, na cabeça do rei. Depois, galgou um pouco mais a corrente e direcionou a tocha em direção ao monarca e seus ministros.

E enquanto todos riam sem parar – incluindo o grupo de macacos – o nem um pouco bobo deu um assobio estridente. Nesse exato momento a corrente começou a enrolar-se na roldana, desta vez subindo rapidamente e arrastando com ela oito orangotangos aterrorizados.

Pula-Sapo continuava a apontar a tocha em direção a eles, como se estivesse tentando descobrir quem eram. O silêncio que se sucedeu foi quebrado pelo ranger dos dentes caninos de Pula-Sapo... O mesmo som irritante que o rei ouviu quando jogou o vinho no rosto de Trippetta. Agora sim, ele e os ministros podiam ver que o ruído havia sido provocado pelo bobo... Acrescido de saliva espumosa a lhe sair pela boca.

– Ah! Eu estou reconhecendo essas pessoas! – exclamou com os olhos faiscando de ódio, encostando a tocha na fantasia de betume e linho do rei.

No mesmo instante, o fogo espalhou-se e os oito arderam em chamas. Enquanto agonizavam, a multidão gritava desesperada. Mas nada podiam fazer.

Como as chamas aumentavam, Pula-Sapo galgou mais alto a corrente. De onde estava, gritou:

– Agora eu consigo ver que tipo de gente é essa... Um rei que agride uma moça indefesa... E sete ministros que o ajudam na empreitada, rindo com ele. Quanto a mim, sou somente um bobo, o "Pula-Sapo". E essa é a minha última brincadeira! Esse é o meu último pulo.

Como betume e linho têm rápida combustão, assim que Pula-Sapo terminou seu discurso, sua vingança estava completa: os oito corpos tinham se transformado numa horripilante massa queimada, fétida e enegrecida.

Pula-Sapo atirou sua tocha sobre eles e, galgando até o teto, alcançou a claraboia, desaparecendo em seguida.

Provavelmente Trippetta, que o esperou no telhado, tenha sido sua cúmplice na terrível vingança. Mais provável ainda que tenham escapado juntos em direção ao seu país de origem, pois nunca mais foram vistos novamente.

# O gato preto

Não espero que acreditem na história que vou contar. Eu seria louco se esperasse por isso... E não estou louco e muito menos sonhando. Mas vou morrer amanhã e preciso fazer uma confissão para aliviar a minha alma. Meu objetivo é mostrar ao mundo uma série de acontecimentos domésticos cujas consequências me deixaram apavorado e destruído. Para mim, esses acontecimentos produziram horror. Outros podem considerá-los menos terríveis.

Desde pequeno me sobressaí pela doçura e humanidade de meu caráter. Eu tinha tanta bondade no coração que meus amigos caçoavam de mim. Eu gostava muito de bichos e meus pais então permitiram que eu tivesse vários animais de estimação. Ficava a maior parte do tempo ao lado deles, fazendo carinho e lhes dando comida. Com o passar dos anos, essa minha particularidade se acentuou, trazendo-me ainda mais prazer. Aos que já amaram um cachorro inteligente e fiel nem é preciso falar sobre satisfação, gratificação e recompensa. O animal tem um amor natural pelo homem, amor que vai direto ao coração de quem já

35

teve muitas ocasiões de pôr à prova a amizade mesquinha e a frágil lealdade do Homem. Eu casei ainda jovem e fiquei contente de encontrar em minha esposa um caráter parecido com o meu. Observando a minha afeição pelos animais domésticos, ela sempre procurava os de natureza mais agradável. Assim, tínhamos pássaros, peixinhos dourados, um cachorro muito bonito, coelhos, um macaquinho e um gato.

O gato era um lindo e enorme animal, todo preto, de incrível inteligência. Mesmo não sendo supersticiosa, minha esposa costumava comentar a antiga crença de que "gatos pretos são bruxas disfarçadas". Não que isso fosse realmente o que ela acreditasse, mas é que me lembrei disso agora. Ele se chamava Plutão e era meu animal de estimação preferido. Eu era a única pessoa que o alimentava. Plutão me seguia por todos os lugares da casa e, quando eu saía, ficava difícil impedi-lo de me acompanhar.

Nossa amizade durou muitos anos. Durante esse período, meu caráter e meu temperamento mudaram muito... E para pior. Fui ficando mais mal-humorado e irritado a cada dia, sem me importar com os sentimentos dos outros. Passei a ofender minha esposa e isso me causava um enorme sofrimento. Depois, parti para a violência não só contra ela, mas também contra os animais de estimação, os quais abandonei. Eu ainda sentia carinho por Plutão, o suficiente para não maltratá-lo. Mas o mesmo não acontecia em relação aos coelhos, ao macaquinho, e até ao cachorro, quando por acaso ou por afeto passavam pela minha frente. O mal – também conhecido por "álcool" – foi crescendo e até Plutão, mais velho e mal-humorado, começou a sentir o efeito do meu temperamento.

Uma noite, ao chegar em casa completamente bêbado, achei que o bichano evitava minha presença. Ao agarrar o gato, ele ficou assustado e mordeu levemente a minha mão.

Na mesma hora fiquei possuído. Eu não era a mesma pessoa. Minha alma parecia ter saído de meu corpo, que tremia cada fibra movida a gim. Tirei então um canivete do bolso e, segurando o gato preso pela garganta, arranquei um de seus olhos! Sinto o rosto queimar de vergonha por ter praticado essa atrocidade.

Na manhã seguinte, com a razão recuperada, experimentei um sentimento misturado de horror e arrependimento pelo crime do qual eu era culpado. Mas foi uma sensação que não chegou a afetar a minha alma, pois em pouco tempo o vinho fez com que nenhuma lembrança restasse.

O gato foi se recuperando pouco a pouco. Era horrível olhar para ele e ver aquela cavidade sem o olho, mas ele nem parecia se importar com isso. Ele entrava em casa normalmente, mas quando me via, fugia apavorado. Eu ainda tinha um lado bom... E esse meu lado bom ficava chateado com o ódio que o gato, que um dia me amou, sentia por mim. Este sentimento logo se transformou em irritação e, em seguida, em PERVERSIDADE. Quem nunca se sentiu impelido a cometer algo ruim, sem razão alguma, a violar uma lei? Pois foi essa maldade que me levou a agir contra o gato como conto a seguir. Uma manhã, a sangue frio, passei uma corda em seu pescoço e enforquei-o numa árvore. Relato isso com os olhos cheios de lágrimas e o coração tomado por remorso. Fiz isso porque sabia que ele me amava e porque eu senti que ele não me dera nenhuma razão para maltratá-lo. Sabia que ao enforcá-lo eu estava cometendo um pecado mortal que iria comprometer a minha alma perante a misericórdia de Deus.

Na noite em que pratiquei essa crueldade, acordei com o grito de "Fogo!". Não só a cortina da minha cama, mas a casa toda ardia em chamas. Eu, minha esposa e uma empregada conseguimos escapar das labaredas por um triz. Fiquei desesperado, pois perdi tudo o que tinha com o incêndio.

No dia seguinte, visitei os destroços. Só havia restado uma parede... Exatamente onde a cabeceira de minha cama ficava encostada. Com certeza, a massa recém-construída foi mais resistente ao fogo, o que a poupou do desabamento.

Um grande número de pessoas ficou por ali, examinando o local e fazendo comentários. Cheguei mais perto e ouvi as observações: "Que esquisito!", "Que estranho!". Fiquei curioso e aproximei-me ainda mais da parede branca. Foi então que vi o desenho de um gato enorme, como se ele tivesse sido impresso em baixo-relevo, com uma corda em torno de seu pescoço... Uma imagem perfeita!

Aquela visão sobrenatural me causou espanto e terror ao mesmo tempo. Mas, ao refletir por um momento, lembrei que o gato fora enforcado num jardim junto da casa. Com os gritos de "Fogo!", as pessoas invadiram o jardim. Quando uma dessas pessoas viu o gato pendurado na árvore, provavelmente cortou a corda e o jogou pela janela do meu quarto, tentando com isso me acordar. A queda das paredes restantes comprimiu o animal de encontro à massa recém-espalhada. A cal, juntamente com o amoníaco do cadáver e as chamas, trataram de finalizar a arte que eu acabara de ver.

Esse acontecimento me perseguiu durante meses. O fantasma do gato não me dava paz e tornei a nutrir um sentimento que parecia – mas apenas parecia – remorso.

Cheguei a lastimar a perda do animal e a procurar nos lugares que frequentava um gato parecido para ficar em seu lugar.

Certa noite, eu estava sentado à mesa de uma espelunca quando avistei algo preto em cima de um dos barris de rum que formavam a mobília do lugar. Cheguei mais perto e coloquei a mão. Era um enorme gato preto, exatamente como Plutão, com exceção de um detalhe: tinha uma mancha branca que cobria quase toda a região do peito.

Logo que o toquei, ele se levantou e miou, feliz com meu carinho. Naquela mesma hora, concluí que era o animal que eu procurava e me apressei em fazer uma oferta ao dono do lugar. Mas ele nunca tinha visto o gato nem sabia a quem pertencia.

Continuei a fazer carinho nele e, ao me levantar para ir embora, o animal fez menção de me acompanhar. Deixei que ele viesse atrás de mim, acariciando-o vez ou outra, até chegar em casa. Na mesma hora ele se familiarizou com o lugar, tornando-se imediatamente o animal preferido da minha esposa.

Logo depois, um sentimento de irritação passou a tomar conta de mim. Eu não sei o motivo, mas eu ficava profundamente aborrecido com o carinho que ele demonstrava ter por mim. Essa irritação aumentou tanto que transformou-se em ódio. Passei então a evitar a criatura. A lembrança do que havia feito com o outro gato fazia com que eu sentisse vergonha... E era isso que me impedia de maltratá-lo. Assim, durante algumas semanas, eu evitei sua presença, como se evitasse uma doença contagiosa.

O que aumentou a minha raiva foi a descoberta, na manhã seguinte ao dia em que o trouxera, de que ele também havia sido privado de um dos olhos. Esse fato fez com que minha esposa sentisse ainda mais carinho por ele.

Se por um lado o meu ódio pelo gato aumentava, seu amor por mim crescia a cada dia que passava. Ele me seguia por todo canto; a cada vez que eu sentava, ele se enfiava debaixo da minha cadeira ou pulava no meu colo, enchendo-me com suas carícias asquerosas. Quando eu ficava em pé para andar, ele se enfiava entre os meus pés quase me derrubando ou cravava suas garras na minha roupa até chegar ao meu peito. Minha vontade era matá-lo com um só golpe, mas algo me impedia: um pouco a lembrança do meu crime anterior e, principalmente, um verdadeiro medo da fera.

Eu não sei como definiria esse medo. Nessa cela de criminoso, fico meio envergonhado de confessar que o pavor que eu sentia pelo animal aumentou por causa de um simples devaneio. Explico: por mais de uma vez, minha esposa chamou a minha atenção para a mancha branca no peito do gato, a única diferença entre ele e o gato morto. O leitor deve lembrar-se de que essa mancha, apesar de grande, era de forma indefinida. Acontece que, lentamente, e por mais que eu me recusasse a admitir, a mancha adquiriu um contorno mais definido... A imagem de uma forca, instrumento de horror e crime, agonia e morte!

Eu era mesmo um desgraçado... Um animal que destruiu um outro, que não teria mais a bênção do descanso, nem de dia nem de noite. Durante o dia, o animal não me deixava sozinho nem por um momento. De noite, eu acordava a toda hora com o bafo quente do bicho em meu rosto. Seu corpo – mais parecendo um pesadelo interminável – pesava sobre meu coração.

O pouco de bondade que havia em mim terminou. Meus amigos passaram a ser os pensamentos ruins. Mau humor acentuado, passei a odiar tudo e todos. Eu tinha ataques de fúria e, a minha esposa, tão paciente, coitada, era quem mais sofria.

Um dia ela foi comigo até o porão da habitação antiga onde nossa pobreza nos obrigava a morar. O gato, atrás de mim, quase fez com que eu rolasse escada abaixo. Enlouquecido de ódio, peguei um machado e, completamente esquecido do pavor que até então havia contido o meu impulso, deitei-lhe um golpe que o teria matado, não fosse

a mão de minha esposa a segurar-me o braço. Mais irado ainda com essa interferência, livrei meu braço de sua mão e cravei o machado em sua cabeça. Ela caiu morta, sem dar um gemido sequer.

Depois do crime, tratei de esconder o corpo. Eu sabia que não poderia tirá-lo da casa nem de dia nem de noite, pois corria o perigo de ser visto. Pensei em cortá-lo em minúsculos pedaços, atirando-os ao fogo. Pensei também em cavar um buraco no chão do porão e também em jogá-lo no poço do quintal, enfiá-lo numa caixa, como uma encomenda, e pedir a um carregador que o levasse de casa. Por fim, tive uma ideia melhor: decidi emparedar seu corpo no porão, como os monges faziam com suas vítimas.

A adega vinha bem a calhar! As paredes malfeitas tinham recebido uma camada de massa tão grosseira que a umidade do local não lhes permitiu a secagem. Numa outra parede, havia uma saliência produzida por uma falsa lareira ou chaminé dissimulada para que se parecesse com o restante dos tijolos vermelhos. Tive certeza de que poderia removê-los dali, colocar o corpo e cimentar os tijolos como antes, sem que ninguém pudesse suspeitar de nada.

Acertei. Tirei os tijolos com uma barra e escorei o corpo na parede interna, com cuidado. Daí então eu assentei os tijolos tal e qual estavam e os recobri com uma argamassa tão grosseira quanto a primeira, para não levantar suspeitas. Recolhi todo o entulho do chão, pensando comigo mesmo: "Pelo menos aqui meu trabalho não foi em vão".

A etapa seguinte foi procurar o causador da minha desgraça: eu havia decidido matá-lo. Se o tivesse encontrado, teria colocado um ponto final em seu destino. Mas o animal, receando meus ataques de fúria, parecia evitar minha presença. A ausência daquela horrível criatura me deu um enorme alívio. Como ele não apareceu durante a noite, eu pude, enfim, desde o dia em que entrou em casa, dormir profundamente... Mesmo com o remorso do assassinato pesando em minha alma!

Três dias se passaram e o meu torturador não apareceu. Eu sentia o gosto da liberdade. O monstro tinha fugido para sempre! Eu estava feliz, pois não o veria nunca mais. Eu nem sentia muita culpa. A polícia fez algumas perguntas, que foram respondidas na mesma hora, e até uma busca, mas nada encontraram. Minha felicidade estava garantida.

No quarto dia, alguns policiais inesperadamente chegaram à casa, passando a fazer uma minuciosa investigação. Eu estava bem confiante quanto ao esconderijo, pois era bem seguro. Os policiais ordenaram que eu os acompanhasse. Vasculharam todos os cantos da casa. E pela terceira ou quarta vez desceram ao porão. Continuei impassível. Meu coração era calmo como o coração de um inocente. Andei pelo porão, de um lado para o outro, sem preocupação. Eles ficaram satisfeitos e se preparavam para ir embora. No meu peito, ardia uma imensa vontade de dizer uma palavra para deixar clara a minha inocência!

Os policiais já subiam a escada quando me dirigi a eles:

– Que bom que não suspeitam de mim! Desejo que todos tenham muita saúde e um pouco mais de civilidade. Diga-se de passagem, esta casa foi bem construída. – Na ânsia de apresentar desembaraço, eu nem prestei atenção ao que dizia: – Estas paredes... já estão saindo?... Estas paredes são tão resistentes!

E então bati na parede com uma bengala, exatamente no local onde se encontrava o corpo da minha esposa querida.

Que Deus possa me guardar das trevas! Pois eu mal bati com a bengala e um grito respondeu de dentro do túmulo! No começo, um gemido como o de uma criança. Depois, alto, forte, anormal e animal, misto de terror e vitória.

Senti que ia desmaiar e busquei apoio na parede oposta. Os policiais ainda permaneceram por alguns segundos na escada, com medo do gemido. Mas depois correram em direção à parede, demolindo-a. Lá estava o cadáver, coberto de sangue e bem decomposto. Sobre sua cabeça, com a boca vermelha e um único olho resplandecente, estava o animal horrível cuja esperteza me conduziu ao crime e cuja voz me denunciou ao executor. Eu havia emparedado o monstro dentro do túmulo!

# Os crimes da rua Morgue

*Se por um lado o homem forte gosta de vangloriar-se de seus músculos e de sua habilidade física, o analista fixa-se na solução de enigmas, exibindo soluções advindas de intuição e método. Ele encontra prazer até nas atividades mais simples... E como estas desafiam seu talento!*

Creio que a narrativa a seguir vai trazer um pouco de luz para o leitor no que diz respeito à observação, concentração e análise de um jogo... Podendo servir igualmente para um acontecimento. E aí, utilizam-se as mesmas regras.

Quando morei em Paris, conheci um jovem chamado Auguste Dupin, que pertencia a uma família muito importante. Em razão de alguns acontecimentos desagradáveis, ele ficou em péssima situação financeira. Afastado de seu círculo social, perdeu o interesse em recuperar sua fortuna e depois também pelas outras coisas. Os credores, com pena, deixaram que ele ficasse com uma pequena parte de seu patrimônio. Era com essa renda que Dupin conseguia comprar algumas coisas... Entre elas, livros.

Nós nos encontramos pela primeira vez numa livraria escondida, localizada à rua Montmartre. Estávamos à procura de um mesmo livro, bem raro, o que fez com que estreitássemos relações e passássemos a nos ver com frequência. Interessei-me na mesma hora pela história de sua família. Ele era muito sincero e detalhista. Surpreendi-me com os livros que ele havia lido e concluí que seria bom se eu o conhecesse mais a fundo. Aprenderia muito em sua companhia! Disse isto a ele e decidimos então dividir a

mesma casa enquanto eu ficasse em Paris. Como eu estava em melhor situação financeira, pagaria o aluguel e os móveis de um sobrado caindo aos pedaços, bem ao nosso estilo: esquisito e sombrio. O sobrado ficava num local deserto e afastado do bairro Saint Germain e tinha sido abandonado devido a superstições.

Se as pessoas soubessem como era o nosso dia a dia, ficariam chocadas. Apesar de inofensivos, seríamos considerados loucos. Estávamos totalmente reclusos, longe de amigos e de suas visitas. Ninguém conhecia o lugar de nossa morada. Há muito, Dupin parou de conhecer e de ser conhecido em Paris.

Meu amigo amava a noite. E eu, levado por ele, passei a fazer o mesmo. Como a noite não durava vinte e quatro horas, tínhamos de apelar para o "faz de conta". Ao amanhecer, fechávamos todas as janelas do sobrado e acendíamos um par de velas perfumadas. Então líamos, escrevíamos ou conversávamos sob a fraca luz das velas, até que as badaladas do relógio nos avisavam das verdadeiras horas... As da noite! Só então nos aventurávamos pelas ruas, conversando, andando sem rumo até de madrugada, entre o jogo de luz e sombra daquela enorme cidade, observando a tudo e a todos. Era dessa observação atenta que eu percebia a capacidade de análise de Dupin. Como ele ficava feliz ao exercitá-la! Eu admirava a habilidade de meu amigo. Penso que ele era inteligente, sim, mas essa inteligência beirava a loucura.

O que conto a seguir exemplifica a loucura inteligente de Dupin. Uma noite estávamos passeando numa rua bem suja, próxima ao Palácio Real. Já fazia uns quinze minutos que caminhávamos sem trocar uma só palavra, perdidos em nossos pensamentos.

– Esse moço é muito baixo... Seria melhor se atuasse no Teatro de Variedades... – Dupin comentou, de repente.

– Concordo plenamente – respondi, sem pensar.

Em seguida, fiquei assustado! Como é que ele havia adivinhado meus pensamentos? Naquele exato momento eu pensava em um antigo sapateiro chamado Chantilly. Apaixonado por teatro, atreveu-se a representar um determinado papel. No entanto, sua apresentação em público tinha sido alvo de críticas.

– Como é que você descobriu o que eu estava pensando? Qual o método que usa? – perguntei assustado e surpreso ao mesmo tempo.

– Um vendedor de frutas... Foi ele que levou você à conclusão de que Chantilly era baixinho demais para o papel de Xerxes.

– Mas eu não conheço nenhum vendedor de frutas! – respondi.

– Esbarrou nele há uns quinze minutos, assim que entramos nessa rua – ele explicou.

Na mesma hora eu me lembrei do homem que levava uma cesta de maçãs na cabeça! Bati de frente com ele ao dobrarmos a rua... E quase caí no chão. Mesmo assim eu não podia entender como Dupin havia chegado àquela conclusão.

– Então eu vou explicar... – ele continuou. – Mas para isso, precisamos repassar o curso de seus pensamentos desde a hora em que falei com você até o encontrão com o vendedor de frutas. Os principais elos da cadeia são nessa ordem: Chantilly, Orion, Doutor Nichols, Epicuro, a estereotomia, as pedras da rua, o vendedor de frutas. Estávamos falando de cavalos quando você deu o encontrão no homem das frutas, lembra-se?

Sim, eu me lembrava!

– Na hora do choque, você pisou em algumas pedras soltas do calçamento e escorregou, machucando o tornozelo.

Então ficou meio bravo, olhou de volta para o calçamento e resmungou alguma coisa que não entendi. Depois voltou a caminhar, mas manteve os olhos no chão o tempo todo, de onde tirei a conclusão de que ainda estava pensando nas pedras. Quando alcançamos a travessa Lamartine, seu rosto mudou de expressão. Claro, pois ela fora recém-pavimentada e suas pedras estavam bem unidas. Percebi pelo movimento de seus lábios que falou a palavra "estereotomia", expressão usada para esse tipo de calçamento. Concluí que você não ia dizer a palavra "estereotomia" sem pensar nos átomos e, deste modo, nas teorias de Epicuro. Lembrei-me de uma conversa que tivemos sobre as suposições desse filósofo grego e de como suas ideias foram recentemente confirmadas pela cosmogonia nebular. E, por saber que pensou nisso, notei que olhou para o céu, à procura da nebulosa de Órion. Em sua crítica impiedosa publicada no jornal de ontem sobre a atuação de Chantilly, o jornalista, ao referir-se maldosamente à mudança de nome do sapateiro, citou um verso latino sobre o qual já conversamos muito a respeito: "As primeiras letras perderam seus sons originais". Este verso, como já disse a você, alude a Órion. Por tudo isso, você só poderia relacionar Órion a Chantilly. Até aquele momento você esteve andando com o corpo encurvado. A partir daí, endireitou o corpo. Concluí então que estava pensando acerca da pouca altura do rapaz. Assim, eu o interrompi dizendo que, por causa de sua baixa estatura, Chantilly devia atuar no Teatro de Variedades.

Depois dessa nossa conversa, enquanto líamos a edição vespertina de um jornal, deparamos com uma manchete que chamou nossa atenção:

# CRIMES EXTRAORDINÁRIOS

Nesta madrugada, por volta das três horas, os moradores do bairro Saint Roch foram acordados por gritos horríveis, provavelmente vindos do quarto andar de um casarão da Rua Morgue, ocupado pela senhora L'Espanaye e sua filha, senhorita Camille. Depois de várias tentativas de arrombamento, oito vizinhos e dois policiais conseguiram derrubar a porta da frente com um pé de cabra. A essa altura, os gritos já haviam cessado. Quando o grupo começou a subir a escada, ouviu duas ou mais vozes. Era uma discussão e parecia vir da parte de cima. Quando eles alcançaram o andar superior, os sons cessaram e toda a casa ficou em silêncio. As pessoas, apressadas, abriram todas as portas. Quando alguns vizinhos arrombaram a porta fechada à chave de um quarto na parte de trás da casa, vislumbraram um cenário de horror: o quarto encontrava-se na mais completa desordem; os móveis quebrados e arremessados em todas as direções. Só o estrado da cama permanecia intacto. O colchão e os lençóis arrancados e jogados no meio do aposento. Havia uma navalha suja de sangue na cadeira. Na chaminé, tufos de cabelo grisalho arrancado até a raiz, também sujos de sangue. No chão, quatro moedas de vinte francos com a efígie de Napoleão, um brinco de topázio, três colheres grandes de prata, três colherinhas de metal e duas bolsas com quase quatro mil francos em ouro. As gavetas de uma cômoda ao canto estavam abertas e pareciam ter sido saqueadas, embora restassem alguns objetos. Havia também um cofre pequeno de ferro debaixo do colchão. Estava aberto, com a chave na fechadura. Dentro, algumas cartas antigas e papéis sem importância.

Não havia sinal nenhum da senhora L'Espanaye. Como os vizinhos e os policiais encontraram muitas marcas de fuligem na base da lareira, decidiram examinar a chaminé mais de perto. Encontraram então o corpo da filha, de cabeça para baixo, ainda quente. O cadáver foi retirado da chaminé. Certamente o corpo foi empurrado pela abertura, até que ficou mais acima, entalado. Pela quantidade de ferimentos, concluiu-se que ele foi enfiado pela chaminé de forma bem violenta. Eram muitos os cortes no rosto; arranhões, hematomas e marcas de unhas por todo o pescoço, como se a moça tivesse sido vítima de estrangulamento. Depois de uma investigação minuciosa, o grupo dirigiu-se até a parte cimentada dos fundos, uma espécie de quintal. Foi ali que encontraram o cadáver da mãe. A cabeça e o corpo estavam mutilados. Tantos eram os cortes na garganta que, ao tentarem remover o corpo, a cabeça soltou-se do tronco.

Não se descobriu ainda nenhuma pista sobre tamanha barbaridade.

O jornal da manhã seguinte trouxe outra manchete, com mais detalhes:

## A TRAGÉDIA DA RUA MORGUE

Muitas pessoas foram interrogadas a respeito da terrível tragédia da rua Morgue. Infelizmente até agora nenhuma pista foi encontrada. Transcrevemos abaixo algumas das declarações prestadas até o momento:

**Primeira testemunha:** Pauline Dubourg, lavadeira. Ela cuidava das roupas das vítimas há três anos, recebendo pelo trabalho com pontualidade. Em seu depoimento diz que mãe e filha mantinham um bom relacionamento. Ouviu dizer que a mãe lia a sorte e era daí que retirava seu provento. Também se comentava que ela guardava dinheiro. Nunca encontrava ninguém diferente na casa quando passava por lá para pegar ou entregar a roupa, nem vira nenhuma criada nos aposentos, a não ser as duas mulheres. Aparentemente não vira móveis em nenhum lugar do casarão, a não ser no quarto andar.

**Segunda testemunha:** Pierre Moreau. Nascido e criado no bairro, dono de tabacaria, afirma que vendeu fumo e rapé para a senhora L'Espanaye durante quase quatro anos. Também declara que mãe e filha moravam no casarão há mais de seis anos. Antes de morar lá, a senhora L'Espanaye alugava a casa a um joalheiro que, por sua vez, sublocava os aposentos do andar de cima a várias pessoas. Insatisfeita com os estragos causados pelo inquilino, ela tomou a casa e voltou a residir nela. O senhor Pierre achava-a birrenta. Durante esses anos viu a filha cinco ou seis vezes. As duas mulheres viviam reclusas. Ouvira falar que tinham posses. Também se comentava que ela lia a sorte, mas não acreditava nessa história. Nunca viu pessoas entrando na casa, com exceção de visitas esporádicas de um médico e, por duas ou três vezes, de um carregador.

Mais algumas pessoas do bairro prestaram depoimento. Todas garantem que as duas não recebiam visitas. Não havia conhecimento de familiares vivos das duas mulheres. As venezianas da frente estavam sempre fechadas. As do fundo também, exceto as das janelas de um quarto localizado no quarto andar da parte de trás. A casa era boa e não muito velha.

**Terceira testemunha:** o policial Isidore Muset. Ele declara que recebeu um chamado às três da madrugada. Quando chegou em frente da casa, encontrou mais de vinte pessoas que tentavam entrar no local. A porta da entrada era a do tipo duas folhas e, como não conseguiram abri-la, eles a arrombaram com uma baioneta, e não com um pé de cabra como se dissera a princípio. Não foi difícil abri-la, pois não estava aferrolhada. Os gritos cessaram assim que a porta foi arrombada. Em seguida, nada mais ouviram. Ele ficou na dúvida se os gritos eram de uma única pessoa ou mais. Até a abertura da porta eram estridentes e contínuos. O senhor Isidore Muset entrou na frente e subiu a escada. Quando chegou ao primeiro lance ouviu uma discussão travada entre duas

pessoas, uma de voz mais áspera e a outra de voz mais estridente. Conseguiu entender algumas palavras da primeira pessoa, um francês. Não era a voz de uma mulher. Foram duas as palavras que distinguiu: "sagrado" e "espírito das trevas". A segunda voz era a de um estrangeiro e mais aguda, mas o policial não sabia se voz de um homem ou de uma mulher. Também tinha dúvidas quanto à nacionalidade, mas parecia ser espanhola. No mais, concordou com a descrição dos corpos e do quarto.

**Quarta testemunha:** Henri Duval, vizinho, ourives. Ele relatou que foi um dos primeiros a entrar no local e endossou as declarações do policial Muset. Assim que arrombaram a porta da frente, eles a fecharam evitando que mais curiosos entrassem. Apesar do adiantado da hora, o número de pessoas crescia. O declarante considerou que a voz estridente não era de um francês, e sim de um italiano. Não tem certeza se a voz era de homem. A voz poderia ser feminina. Como desconhecia a língua italiana, não pôde distinguir nenhuma palavra. Mas pela entonação estava convencido

de que era um italiano. Como conhecia a senhora e sua filha, sabia que a voz não era de nenhuma delas.

**Quinta testemunha:** Odenheimer, dono de um restaurante, nascido em Amsterdã, que se apresentou de forma voluntária. Como não fala francês, foi ouvido por um intérprete. Estava passando em frente à casa na hora da gritaria. A respeito dos gritos, disse que eles duraram cerca de dez minutos, eram altíssimos e agoniados. Ele também entrou na casa e confirmou as declarações anteriores, exceto uma: a voz aguda era de um

francês. Não conseguiu identificar as palavras com clareza, mas eram rápidas e exprimiam medo e raiva. Eram ásperas e em tom grave. A voz repetiu várias vezes: "sagrado", "espírito do mal" e uma só vez "Meu Deus".

**Sexta testemunha:** o banqueiro Jules Mignaud, do banco "Mignaud & Filhos", afirmou que a senhora L'Espanaye possuía alguns bens. Há oito anos abriu uma conta bancária em seu nome e desde então fazia alguns depósitos. Nunca tirou um centavo da conta, exceto três dias antes de sua morte, quando retirou quatro mil francos – soma paga em ouro e levada por um funcionário do banco até a sua casa.

**Sétima testemunha:** o empregado do banco chamado Adolphe Le Bon. Ele informou ter sido o responsável pelo transporte do ouro – colocado em duas bolsas, por volta do meio-dia. Adolphe Le Bon acompanhou a senhora L'Espanaye até a porta, que foi aberta pela filha. Cada uma ficou com uma bolsa. Ele as cumprimentou e em seguida partiu. Naquele momento não havia ninguém na rua.

**Oitava testemunha:** o alfaiate William Bird. Ele nasceu na Inglaterra e mora em Paris há dois anos. Foi um dos primeiros que subiu a escada. Diz ter ouvido uma discussão. Uma das vozes era de um francês e só lembrou-se de ter ouvido duas palavras: "sagrado" e "Meu Deus". Ouviu barulho de luta. A voz aguda era mais alta que a outra e não era a de um inglês. Talvez fosse de um alemão, quem sabe até de uma mulher. Ele não compreende alemão.

Das testemunhas citadas, quatro foram interrogadas novamente. Em seus depoimentos, eles disseram que, quando chegaram, a porta do quarto em que foi encontrado o corpo da jovem estava trancada por dentro. Estava tudo quieto, silencioso. Depois que forçaram a porta, eles não viram ninguém no quarto. As janelas de trás e as da frente estavam fechadas por dentro e a porta que havia entre os dois quartos estava fechada, mas não trancada. A porta do quarto da frente que dá para o corredor foi encontrada fechada, com a chave do lado de dentro. A porta do pequeno quarto da frente, no começo do corredor, localizado no quarto andar, estava escancarada. Dentro, camas velhas e caixas. Tudo foi retirado e, depois, examinado. Houve minuciosa inspeção na casa, incluindo sótãos e chaminés. Ela tem quatro andares e mansardas. O alçapão do teto estava intocado. São conflitantes as informações quanto ao tempo decorrido entre o instante em que se ouviram vozes até o arrombamento da porta do quarto; algumas testemunhas dizem que o tempo foi de três minutos; outras calculam cinco minutos. A porta foi aberta com dificuldade.

**Nona testemunha:** o agente funerário Alfonzo Garcio, natural da Espanha. O senhor

Alfonzo Garcio, que reside na rua Morgue, disse que foi um dos que entraram na casa. Ele não subiu a escada. Considera-se nervoso e teve receio de ficar ainda mais. Ouviu a voz de duas pessoas discutindo. A voz áspera era de um francês e a aguda de um inglês; não conseguiu entender o que este último disse, pois não conhece a língua inglesa e baseou-se apenas na entonação.
**Décima testemunha:** o confeiteiro Alberto Montani. Ele declarou que foi um dos primeiros que subiram a escada. Foi quando ouviu vozes, sendo que a áspera era a de um francês, pois conseguiu entender várias palavras.

Uma das pessoas repreendia a outra. Não conseguiu entender a segunda voz, bem mais rápida. Pensava ser de um russo. Confirmou os depoimentos anteriores. É italiano e nunca conversou com pessoas nascidas na Rússia.

Várias testemunhas foram novamente intimadas; em suas declarações reiteraram que as chaminés eram estreitas demais para que uma pessoa pudesse passar. Foram usadas escovas cilíndricas de limpeza nas canalizações da casa. Nenhuma passagem que pudesse ter sido utilizada pelo criminoso foi encontrada nas tubulações da parte de trás do sobrado. Quatro

ou cinco testemunhas ajudaram na retirada do corpo da senhorita, tão preso na chaminé ele estava.

**Décima primeira testemunha:** o médico Paul Dumas. Ele declarou em juízo que foi chamado ao amanhecer para examinar os cadáveres. Os corpos estavam sobre o estrado da cama no mesmo quarto onde a senhorita L'Espanaye fora encontrada. A moça estava bem machucada, provavelmente pelo fato de ter sido enfiada chaminé acima. O pescoço muito ferido e acima do queixo havia ferimentos bem profundos, com marcas de dedos. Os olhos fora das órbitas e o rosto completamente sem cor. Faltava metade da língua. No estômago um ferimento enorme, causado provavelmente pela compressão de um joelho. O médico concluiu que a jovem tinha sido estrangulada por uma pessoa ou mais. O cadáver da mãe estava mutilado; os ossos da perna e braço esquerdo, quebrados. A tíbia esquerda moída, assim como as costelas desse lado. O corpo tinha sido pisoteado e estava roxo. Não dava para dizer como os golpes tinham sido aplicados, talvez um pedaço de madeira maciça, uma barra de ferro ou uma arma pesada manejada por um homem, pois mulher alguma teria força para tal. A testemunha informou que a cabeça da senhora, também despedaçada, estava separada do corpo; o pescoço provavelmente cortado com uma navalha.

Alexandre Etienne, cirurgião, foi chamado pelo senhor Dumas para examinar os cadáveres.

Ele confirmou os testemunhos e também o parecer de Dumas. Outras pessoas foram interrogadas, mas não se obteve mais informações. É a primeira vez que um assassinato tão brutal, misterioso e desconcertante é cometido em Paris. A polícia, em face da ocorrência tão anormal, não consegue chegar a uma conclusão. Não há sequer uma pista.

Contudo, uma notícia posterior informou a prisão de Adolphe Le Bon, o funcionário do banco, mesmo com a ausência de provas. Dupin interessou-se pelo caso. E quis saber a minha opinião a respeito dos assassinatos. Respondi que o mistério parecia insolúvel.

– Com esses interrogatórios superficiais não se chegará a nenhuma conclusão. A polícia não tem método. Não se deve aprofundar demais... A verdade nem sempre está no fundo do poço. O mais importante está na superfície – ele concluiu.

– Podemos fazer uma investigação por nossa própria conta. Será até um bom divertimento – disse Dupin.

Achei "divertimento" um termo estranho, mas nada comentei.

– Certa vez Le Bon prestou-me um serviço e tenho uma dívida de gratidão em relação a ele – Dupin continuou. – Vamos examinar a cena do crime. Não vai ser difícil obter a permissão do delegado de polícia... Ele é meu conhecido.

Logo após a permissão, saímos em direção à rua Morgue. Não demoramos em encontrar a casa, pois ainda era grande o número de curiosos à frente. Ela era como tantas outras em Paris, com uma entrada principal; num dos lados, um abrigo envidraçado para o porteiro. Primeiramente decidimos

dar uma olhada na parte de trás e assim subimos a rua, entrando numa ruela. Dupin examinou toda a vizinhança com redobrada atenção, atento a todos os detalhes. Só então voltamos e batemos à porta. Mostramos nossas credenciais aos policiais e nos dirigimos ao quarto onde o cadáver da senhorita L'Espanaye foi encontrado. Os dois corpos ainda estavam lá. Ninguém havia mexido no quarto e a desordem era total. Dupin passou a examinar os corpos e o restante, exaustivamente. Depois, rumamos para os outros quartos e então ao quintal. Um policial esteve ao nosso lado o tempo todo. Ficamos na casa até o anoitecer. No caminho de volta, meu amigo decidiu parar na redação de um dos jornais.

Até o almoço do dia seguinte, Dupin nada mais falou sobre os crimes, o que era bem do seu feitio.

– Você notou algo em especial no local dos assassinatos? – ele perguntou.

– Não, nada além do que lemos nos jornais – respondi.

– Se por um lado esse mistério aparenta ser insolúvel, por outro lado a quantidade de pormenores faz com que seja de fácil solução. A polícia mostra-se bem confusa, pois não houve uma causa aparente para essas mortes tão terríveis. Eles estão espantados porque não conseguem conciliar as vozes ouvidas ao fato de que não havia ninguém no andar de cima... A não ser a senhorita L'Espanaye, que já estava

morta. A terrível desordem do quarto, o cadáver na chaminé, de cabeça para baixo, a tenebrosa mutilação do corpo da senhora desorientam e confundem os agentes do governo. Eles misturam o incomum e o confuso. Mas é nos desvios do plano comum que a razão segue o seu caminho à procura da verdade. O mais importante não é perguntar "O que houve?", mas indagar "Aconteceu algo que nunca aconteceu antes?". Amigo, estou próximo da solução deste mistério, se é que já não o solucionei – Dupin finalizou.

Fiquei mudo na mesma hora, tamanho o meu espanto.

– Estou esperando uma pessoa que, mesmo não sendo o autor, está ligada aos crimes – ele ficou olhando em direção à porta. – Pode ser até que seja inocente da pior parte dos crimes cometidos. Vou esperá-lo aqui neste quarto. Pode ser que não venha... E pode ser que apareça. Se vier, vamos detê-lo. Fique com uma pistola que eu ficarei com a outra.

Eu segurei a arma enquanto Dupin continuou falando, como num monólogo, os olhos fixos na parede.

– Provou-se que a discussão não era entre as duas mulheres. Portanto, a senhora não matou a filha e cometeu suicídio depois. Ela também não tinha força o bastante para colocar o corpo da jovem chaminé acima. A quantidade de ferimentos na mais velha põe por terra a ideia de suicídio. Então os assassinatos foram cometidos por outras pessoas, cujas vozes foram ouvidas. Você notou algo em comum nos depoimentos das testemunhas?

– Todas elas afirmaram que o da voz grossa era um francês. E não chegaram a um acordo a respeito da voz aguda ou, como disse uma das testemunhas, áspera.

– Hum, acho que você não observou nada diferente...

– Dupin continuou. – Veja bem: as testemunhas concordaram a respeito da voz grossa, mas não chegaram a um acordo quanto à voz aguda porque um italiano, um inglês, um espanhol, um holandês e um francês tentaram descrevê-la, e cada um referiu-se a ela como sendo a voz de um estrangeiro. Cada testemunha comparou a voz que ouviu com uma língua diferente da sua. O francês considerou que a voz podia ser a de um espanhol, isso se ele soubesse o espanhol. O holandês, cujo depoimento foi tomado por um intérprete, afirmou que a voz era a de um francês. O inglês deduziu que a voz era a de um alemão, apesar de não entender essa língua. O espanhol, que nem conhece inglês, deu certeza de que a voz era nessa língua por causa da entonação. O italiano, que a voz era a de um russo, embora nunca tenha conversado com um. Outro francês discordou do primeiro, afirmando que a voz era a de um italiano... Se bem que não conhece esse idioma.

Dupin tomou fôlego e continuou, dizendo:

– Como é que essas cinco testemunhas, cada qual de uma nacionalidade e língua diferente, puderam fazer observações tão distintas a respeito de uma mesma voz? Não há nada em comum entre os comentários! Quem sabe tenha sido a voz de um asiático ou de um africano, mas estes são poucos em Paris. Vou destacar três pontos importantes. Uma das testemunhas disse que a voz era mais áspera que estridente. Duas outras que a voz era rápida e desigual. Ninguém, em nenhum momento, soube repetir as palavras que foram ditas. Você está lembrado do quarto onde os assassinatos foram cometidos? Pode me dizer por onde os assassinos fugiram? Vamos pensar em seus meios de fuga... Ou eles estavam no quarto onde a senhorita foi encontrada ou, no momento em que as testemunhas subiam as escadas, no quarto ao lado. Assim, vamos concentrar nossas pistas nesses dois únicos lugares. A polícia tirou o assoalho, revirou o forro do teto e a argamassa das paredes e não achou nenhuma saída secreta. As portas dos quartos estavam fechadas por dentro. As chaminés, com quase três metros de comprimento, não dariam passagem a uma pessoa, pois são estreitas demais. Se passassem através das janelas do quarto da frente seriam vistos pela multidão na rua. Portanto, só podem ter passado pelas janelas do quarto de trás. No quarto existem duas janelas. Numa delas, nenhuma mobília à frente que pudesse obstruir-lhes a passagem. Ela está bem visível. A parte de baixo da outra janela está encoberta pela cabeceira da cama. A primeira janela estava fechada por dentro. Ninguém conseguiu erguê-la. Do seu lado esquerdo havia um prego. Na outra janela, um prego igual ao da primeira. Não conseguiram abrir nem a primeira janela nem a segunda. Conclusão da polícia: não entraram pelas janelas, portanto era desnecessária a retirada dos pregos.

...Analisei mais atentamente. Concluí que era ali, nas janelas, que eu poderia achar provas mais consistentes. Eles só poderiam ter escapado por uma delas. E não iam conseguir fechar os caixilhos pelo lado de dentro. Se foram encontrados fechados é porque fechavam-se por si mesmos. Fui até a primeira janela – aquela que não tinha a cabeceira encostada

– e retirei o prego. Tentei levantá-la a todo custo, mas não consegui. Estava certo de que devia ter uma mola escondida em algum lugar... E a encontrei! Decidi não levantar a vidraça e recoloquei o prego no lugar. Fui até a segunda janela e observei o prego que fixava o caixilho, tal qual na primeira. Encontrei a mola; ela não era como a primeira. Quando retirei o prego, que parecia ser igual ao da primeira janela, percebi nele a diferença: sua cabeça ficou entre os meus dedos, e o pino, já enferrujado, dentro do orifício. Ora, ele havia sido quebrado e a ferrugem mostrava que a ruptura ocorrera há muito tempo, com certeza pelo golpe de um martelo. Recoloquei a cabeça do prego em seu lugar de origem. Pressionei a mola e levantei o caixilho. A cabeça do prego subiu junto com o caixilho, fixa no lugar. Fechei a janela e o prego surgiu inteiro. O assassino tinha fugido por essa janela. Se ela se fechou sozinha ou foi fechada de propósito depois que ele saiu, ficou presa pela mola. E foi a retenção da mola que a polícia, por engano, tomou como sendo a do prego, nada mais investigando.

...Então como o assassino desceu? Quando fomos até a parte de trás do edifício, vi um para-raios a um metro e meio da janela. Ninguém conseguiria, através da corrente do para-raios, chegar até a janela. Observei que as venezianas do quarto andar eram as do tipo postigos. Feitas como uma porta de uma só folha, tinham grades na parte de baixo, o que proporcionava uma boa alça para as mãos. Quando avistamos esses postigos na parte de trás da casa, eles estavam entreabertos, perfazendo com a parede um ângulo reto. Quando a polícia examinou essa parte da casa não levou em conta a largura das ferragens. Para mim estava claro que o postigo pertencente à janela situada junto da cabeceira da cama ficava a sessenta centímetros da corrente do para-raios. Com coragem, impulso e a ajuda da corrente, dava para entrar pela janela. Postigo aberto, o ladrão teria um bom suporte na grade. Largou então a corrente e com os pés apoiados contra a parede, projetou-se para dentro do quarto, puxando o postigo com ele. Para isso, foi preciso uma agilidade incomum.

...Pense um pouco sobre o uso dessa força descomunal, na voz áspera ou estridente, na nacionalidade desconhecida sobre cuja pronúncia não se chegou a conclusão alguma. Estou tentando lhe mostrar, meu amigo, que tanto a entrada como a saída foram feitas pelo mesmo lugar e do mesmo modo. Pense na desordem do quarto. A senhora e a filha não saíam nem recebiam visitas, portanto suas roupas eram praticamente novas. Foi dito que as gavetas foram saqueadas, apesar de que muitas roupas ainda continuavam dentro delas. Havia roupas novas dentre as supostamente deixadas espalhadas. Por que o ladrão não roubou tudo? Por que não levou os quatro mil francos em ouro, deixando as roupas de lado? Quase todo o dinheiro mencionado pelo banqueiro foi encontrado pelo chão, dentro de sacolas. A polícia deu um destaque especial ao fato de o dinheiro ter sido entregue na casa da senhora. Não pensaram em um só momento que coincidências podem acontecer pelos caminhos da vida. Se tivessem levado o dinheiro, as coisas seriam diferentes. Se o alvo era o dinheiro, o que levou o assassino – ou os assassinos – a mudar de ideia?

...Vamos voltar aos três pontos importantes: a voz peculiar, a agilidade incrível e a ausência de motivo. Façamos uma análise do crime: uma mulher estrangulada por força descomunal, enfiada chaminé acima. Que tipo de assassino faria isso? Por mais que haja maldade no ser humano, um ato dessa natureza não pode advir de um homem. Ele também não teria força suficiente para enfiar um cadáver chaminé acima. Lembre-se de quantos foram necessários para remover o corpo da pobre moça... Pois então. Encontraram mechas de cabelo grisalho na lareira, arrancados pela raiz. Se para puxá-los é preciso força, imagine então arrancar as mechas com nacos do couro cabeludo! Outro ponto importante: a garganta da senhora não foi somente cortada... Sua cabeça foi separada do corpo por uma navalha. Nem é preciso citar os hematomas no corpo da senhora L'Espanaye. O senhor Dumas e seu ajudante, o senhor Etienne, confirmaram que foram produzidas por instrumento obtuso. O instrumento só pode ter sido a pedra do calçamento do quintal onde a vítima caiu. Até esse detalhe da queda escapou da polícia, assim como também a largura dos postigos.

...Se você refletir comigo acerca da confusão no quarto, vamos chegar a uma única conclusão: houve uma habilidade espantosa, uma força sobre-humana, uma absurda ferocidade e uma carnificina desnecessária, aliadas a uma voz que não pôde ser reconhecida por ninguém. O que acha disso tudo?

– Só um louco faria isso... Ou um maníaco que fugiu de um hospital... – senti um arrepio pelo corpo.

– Não é uma ideia de todo má... Mas a voz de um louco não se encaixaria à voz ouvida na escada – Dupin respondeu. – Embora os loucos digam palavras desconexas, eles sabem pronunciá-las. Olhe bem para este tufo de cabelos que tirei dos dedos da senhora L'Espanaye... Parece o cabelo de um louco?

– Não! – exclamei, apavorado. – Esse cabelo não pertence a um ser humano!

– Eu não disse que era, meu amigo. Agora, quero que observe esse desenho que fiz... – apontou um papel em minha direção. – É uma cópia do que foi descrito num trecho do processo como "manchas escuras e marcas de unhas" na garganta da moça e, na descrição do senhor Dumas e do senhor Etienne, como uma "série de manchas causadas pela pressão de dedos." Você vai notar que este desenho mostra um punho firme, seguro – Dupin desenrolou o desenho sobre a mesa. – Não houve dúvida nenhuma... Os dedos não escorregaram. Coloque os seus dedos sobre essas marcas – ele pediu.

Obedeci, mas não obtive resultado. Os meus dedos não coincidiam com as marcas.

– Vou colocar um rolo para tentarmos novamente. Esse rolo tem a mesma forma de um pescoço. Enrole o desenho no rolo e tente novamente.

Tentei mais uma vez, mas não obtive resultado.

– Não são marcas de mãos humanas! – concluí.

– Agora leia este trecho de Georges Cuvier, naturalista animal.

Passei a ler a descrição que Cuvier fez dos grandes orangotangos das ilhas da Índia Oriental, sua altura gigantesca, força, ferocidade, capacidade de imitação, e finalmente compreendi os assassinatos.

– A descrição dos dedos é a mesma de seu desenho. Nenhum animal – a não ser o orangotango – deixaria marcas tão iguais às que você desenhou. Este tufo de cabelos de um loiro queimado é idêntico ao animal descrito por Cuvier. Mesmo assim, não consigo entender os pormenores deste mistério. As testemunhas ouviram duas vozes... Uma delas, a de um francês.

– Concordo. Você deve lembrar-se de uma expressão repetida inúmeras vezes pelas testemunhas: "Meu Deus!". O confeiteiro, o senhor Montani, disse que foi dita como uma advertência. Foi em cima desta expressão que baseei a solução do enigma. Um francês sabia do crime. Mas era mais provável que fosse inocente do crime ali cometido. O orangotango pode ter fugido de suas mãos. É provável que tenha seguido o animal até o quarto, mas, em razão dos terríveis acontecimentos, não conseguiu capturá-lo de volta. O animal ainda anda à solta. Se o francês for mesmo inocente como penso que é, o anúncio que deixei ontem no jornal *Le Monde* vai trazê-lo até nós – e Dupin entregou-me o jornal, com a seguinte nota:

---

### CAPTURADO!

Um enorme orangotango de pelos amarelos, da espécie de Bornéu, foi encontrado no Bosque de Boulogne, na manhã do dia... (a mesma manhã do assassinato). Seu proprietário, um marinheiro de um navio maltês, pode obter novamente a posse do animal desde que se identifique e pague as despesas da sua captura e guarda, na Rua... nº..., terceiro andar, Faubourg St. Germain.

– Como sabe que o dono é um marinheiro de um navio maltês? – perguntei, assombrado.

– Não tenho certeza disso... – Dupin respondeu. – Mas olhe só o pedacinho de fita que, pelo aspecto ensebado, foi usado para prender o rabo de cavalo do marinheiro, num nó bem típico dos malteses. Peguei a fita perto da corrente do para-raios. Não podia ser de nenhuma das mulheres assassinadas. Se eu estiver enganado quanto à nacionalidade do marinheiro, pelo menos não há no anúncio que publiquei nenhum dano ou acusação em relação a ele. Apesar de ser inocente, o marinheiro vai ficar na dúvida se deve ou não responder ao anúncio para pedir o orangotango de volta. Vai raciocinar da seguinte forma: "Sou inocente. Não tenho dinheiro. Meu animal vale uma boa quantia. Para alguém como eu, é uma fortuna. Ele foi encontrado longe do local dos crimes. Ninguém vai suspeitar de um orangotango. A polícia não tem pistas. E mesmo que tivesse não conseguiria provas de que tenho conhecimento dos crimes e culpar-me por isso. Já é do conhecimento de alguém que tenho um orangotango. Só não sei a extensão desse conhecimento. Se eu desistir de reclamar meu animal de volta, posso atrair mais suspeita. Penso não ser uma boa política atrair a atenção sobre mim e sobre o animal. Vou responder ao anúncio, pego o orangotango de volta e mantenho-o preso até que esse caso seja concluído".

Naquela mesma hora, ouvimos passos na escada. Dupin pediu que eu pegasse as pistolas, mas não as mostrasse... A não ser que ele desse um sinal.

Tínhamos deixado a porta de entrada aberta, assim o nosso visitante subiu sem tocar a campainha. Percebemos seus passos hesitantes até que, enfim, bateu à porta do nosso quarto.

– Entre! – Dupin convidou, alegre.

– Boa tarde – disse o homem, em francês, entrando em seguida.

Era um marinheiro bem alto, forte e musculoso, com um jeito meio atrevido. No rosto bronzeado, bigode e costeletas compridas. Não parecia portar nenhuma arma, a não ser uma bengala de madeira. Cumprimentou-nos, com um leve sotaque suíço.

– Pode sentar-se – Dupin convidou alegremente. – Com certeza veio buscar o orangotango. Eu o invejo, pois é dono de um animal muito bonito, além de caro. Quantos anos acha que ele tem?

– Não deve ter mais de cinco anos de idade... – o marinheiro respirou, aliviado. – Ele está aqui com o senhor? – indagou.

– Não, não. Está numa cocheira de aluguel, na rua Dubourg. O senhor pode ir buscá-lo amanhã cedo. Tem provas de que é o dono dele?

– Tenho, sim.

– É uma pena eu ter de separar-me dele... – Dupin suspirou.

– Vou recompensá-lo pela descoberta do orangotango, senhor... Afinal, teve tanto trabalho!

– Acho que isto é justo – Dupin concordou. – Minha recompensa é que me dê todas as informações a respeito dos crimes da rua Morgue – ele concluiu e, em seguida, dirigiu-se até a porta e fechou-a, guardando a chave no bolso. Depois, com a maior calma do mundo, tirou a arma de dentro do casaco, colocando-a sobre a mesa.

O marinheiro ficou tão vermelho que parecia ter perdido o fôlego. Num salto, agarrou a bengala... Mas deixou-se cair de volta na poltrona e passou a tremer convulsivamente. Tive muita pena dele.

– Fique calmo, não vamos lhe fazer mal algum. Sabemos, eu e meu amigo aqui presente, que não é culpado pelos crimes da rua Morgue. Mas isso não quer dizer que não esteja envolvido neles. Consegui informações e sei que o senhor não fez nada que pudesse ter evitado... Ao menos, nada que o torne culpado. Poderia ter roubado algumas coisas, mas não o fez. Portanto, não tem nada a esconder. Como homem honrado, precisa dizer o que sabe. Há um homem preso e ele é inocente... Só o senhor poderá salvá-lo, dizendo realmente quem é o culpado.

– Meu Deus! – exclamou o marinheiro, com uma expressão bem mais humilde. – Vou contar tudo o que aconteceu, mas não espero que o senhor acredite nessa loucura toda! Sou inocente e preciso desabafar, mesmo que isso custe a minha própria vida!

E o marinheiro passou a narrar o que aqui reconto em miúdos: numa viagem que fez com um amigo, a passeio, à ilha de Bornéu, localizada na Ásia, capturaram um orangotango. Seu amigo veio a falecer pouco depois e ele ficou o único dono do animal. O orangotango, muito feroz, causou-lhe diversos problemas durante a viagem de volta. Com muito custo, conseguiu finalmente alojá-lo em sua própria casa. Para evitar quaisquer comentários dos vizinhos, manteve-o preso. O animal tinha um ferimento no pé e ele tratou da ferida. Mas decidira vendê-lo, tão logo ficasse curado.

Ao voltar de uma bebedeira com os amigos na mesma madrugada do crime, encontrou o orangotango em seu quarto. Ele havia fugido do local onde estava preso. Ali, sentado à frente de um espelho, mantinha uma navalha na mão e tentava barbear-se... Provavelmente da mesma forma como vira o dono fazer pelo buraco da fechadura! Desesperado de medo do animal munido de uma arma, o marinheiro ficou sem ação. Acostumado a domar o orangotango com um chicote em seus momentos de fúria, lançou-se rapidamente em direção a ele. O animal, compreendendo a próxima atitude do dono, saltou em direção à escada e, pulando por uma janela aberta, alcançou a rua.

O marinheiro seguiu o animal que, de vez em quando, olhava para trás e gesticulava com a navalha para o alto. A perseguição continuou por um bom tempo. Por sorte, passava das três da manhã e as ruas estavam desertas. Quando o orangotango passou pela rua posterior à rua Morgue, viu uma luz... Ela vinha do quarto andar da casa da senhora L'Espanaye, da janela aberta de seu quarto. Em menos de um minuto, ele correu em direção ao prédio e subiu pela corrente do para-raios, alcançou o postigo que estava na parede e, apoiando-se nele, pulou na cabeceira da cama da mulher. Quando o animal entrou no quarto, deu um pontapé no postigo, abrindo-o novamente.

O marinheiro decidiu esperar por ele ao lado do para-raios. Assim que descesse, ia capturá-lo de volta. Se por um lado estava feliz com sua provável captura, estava ansioso com o que o orangotango pudesse fazer dentro daquela casa. Aflito, resolveu subir pelo para-raios. Quando alcançou a janela, parou horrorizado. E tamanha foi a cena de terror que vislumbrou, que quase despencou de lá de cima! Gritos horríveis não paravam de ecoar, acordando os moradores do bairro. Aparentemente as duas mulheres, vestidas em suas camisolas, foram surpreendidas enquanto arrumavam os papéis do cofre colocado no meio do quarto. Elas deviam estar sentadas de costas para a janela, pois não perceberam

a entrada do animal. Pensaram que a batida do postigo fora ocasionada pelo vento.

Quando o marinheiro olhou o interior do quarto viu que o orangotango agarrou a senhora pelos cabelos e movimentava a navalha em seu rosto, como se fosse um barbeiro. A filha caíra no chão, desmaiada.

Por causa dos gritos e o esforço da senhora em defender-se, o animal, a princípio pacífico, tornou-se enfurecido e, com um golpe rápido, quase separou a cabeça do corpo da mulher. Aquele sangue espalhado alterou ainda mais seu humor e ele pulou sobre o corpo da jovem, cravando as unhas no seu pescoço. Então seus olhos alucinados avistaram o rosto do dono, parado à janela. Na mesma hora deve ter vindo à sua lembrança o chicote com que era punido. Teve medo. Estava certo que merecia um castigo e achou melhor esconder os atos tão sangrentos. Sem saber o que fazer, começou a pular pelo quarto, muito nervoso, quebrando, derrubando móveis, arrastando roupas. Daí puxou o cadáver da jovem e enfiou-o pelo duto da chaminé. Quando o orangotango aproximou-se da janela para arremessar o corpo mutilado, o marinheiro, morto de medo, abaixou a cabeça e desceu o mais rápido que pôde pela corrente do para-raios. Em seguida, correu de volta à sua casa. Com medo das consequências daquela chacina, preferiu deixar o animal para trás, à sua própria sorte.

As palavras ouvidas e repetidas pelas testemunhas que subiram as escadas eram as exclamações de terror, ditas em francês pelo marinheiro e misturadas aos sons emitidos pelo animal.

Não tenho muito mais a dizer. O animal deve ter escapado pela corrente do para-raios segundos antes da abertura da porta. A janela se fechou quando ele passou.

O dono provavelmente recapturou o orangotango pouco tempo depois e vendeu-o por uma alta quantia ao Jardin des Plants, o jardim botânico de Paris. Depois do nosso relato ao chefe de polícia, Le Bon foi libertado. O delegado ficou bem chateado com o rumo dos acontecimentos e fez alguns comentários irônicos sobre as vantagens de cada um cuidar de sua vida.

– Deixe estar – Dupin comentou. – É bom que ele extravase... Alivia a consciência. Não é de se admirar que ele não tenha chegado a uma solução... É astuto demais para ser profundo. Apesar de tudo, gosto dele, especialmente por sua fala monótona, pela qual conquistou a fama de criativo, uma pessoa que "nega o que é, e explica o que não é" – meu amigo concluiu com ironia, satisfeito por ter derrotado o delegado em seu próprio campo de batalha.

*Edição bilíngue*

# Edgar Allan Poe

## *Tales of Terror and Mystery*

*Retold by Telma Guimarães*

# The oblong box

Some years ago, I traveled by ship from Charleston, South Caroline, to New York City. The ship – the *Independence* – would leave on the fifteenth of June, but on the fourteenth passengers were allowed to go on board to arrange some matters.

As soon as I went on board I checked the list and noticed Mr. Cornelius Wyatt, a young and sensitive artist, would travel too. We had been schoolmates during university.

Wyatt had reserved three state-rooms for himself, his wife, and his two sisters. So I concluded that the extra room was for a maid or for extra baggage. When I checked the list once more I saw that the words "and maid" had been first written and then scratched from the list.

"They might have brought too much luggage and then Cornelius decided to keep one of his belongings under his eyes – a painting or something like that – and probably this is what he was talking about to Nicolino, the Italian Jew," I said to myself.

I knew Wyatt's kind and clever two sisters. I had never seen Wyatt's newly married wife. He had described her with enthusiasm as a beautiful and smart woman. I could not wait to meet her.

The day I visited the ship the captain told me Wyatt's wife was not feeling well and she would only come on board at the hour of sailing.

I met Captain Hardy on my way to the dock the following day. He told me the *Independence* would not sail for a day or two. When all was ready, he would let me know. I thought that was very weird for the weather was good. I decided to go back home then.

I waited for the captain's message for nearly a week. When it came I embarked immediately. The ship was full of passengers. The Wyatts arrived soon – the two sisters, the wife, and my friend. As I was used to his usual sad face, I did not pay any special attention to him or the rest of his family. He did not introduce me to his wife but his sister Marian did. I was shocked when Mrs. Wyatt raised the veil over her face. She was not pretty at all. In fact she was an ordinary woman, with a bad taste in dress. My friend's heart was captured by the woman's intellect and soul. She said few words and went to the state-room with her husband.

I was so curious! There was no maid as I had assumed before. I looked for the extra luggage. After some time I saw a cart at the dock with an oblong pine box, which seemed to be the last luggage expected. After its arrival the ship finally left.

***

The oblong box was about 1.8 meter in length by 90 centimeters in width. That shape was peculiar for carrying pictures. It could keep a copy of Leonardo's "Last Supper", done by Rubini the younger, which I knew to be in the possession of Nicolino. However, the box was not in the extra state-room but in Wyatt's own. It took up nearly the whole room causing discomfort to the couple. The paint with which it was lettered sent out a disgusting smell. On the lid were painted the words: "*Mrs. Adelaide Curtis, Albany, New York. Charge of Cornelius Wyatt. This side up. Handle with care*".

I was told that Mrs. Adelaide Curtis was the artist's wife's mother. But at that time I thought the address was made to deceive me. I was sure that the box and contents would never get farther than my friend's studio in New York.

I did not care about Wyatt's behavior because I was used to it. But I could not make any excuses for his sisters. They did not leave their state-rooms despite my insistent invitation. Mrs. Wyatt herself was more pleasant. In fact she was very talkative and became too close to the other women. To my astonishment she flirted with some men. I soon found out there were jokes on her. Although friendly, she was considered by the ladies as lacking class and rude. Why did Wyatt marry that woman?

"I married my wife because I love her. She doesn't have a penny at all," he had told me once. Maybe my friend was out of his mind. He was an intellectual, a well-educated man who loved the beauty. Although Mrs. Wyatt referred to him as her "beloved husband", it was observed by all on board that he avoided her, shutting himself up in his state-room most of the time. My friend fell in love with a woman whose position in society was different from his. He might have regretted marrying her but it was too late. So he turned into an introspective man alone in his state-room. However, he was not supposed to hide the "Last Supper" from me. That is why I decided to have my revenge.

One day, while we walked on the deck, I made a few remarks about the odd box in his room: "It has a peculiar shape, doesn't it?" I said touching his back.

I realized that he got mad by the way he looked at me. Then his eyes grew wider, and he blushed and paled. Finally he began to laugh for some minutes. At last he fell heavily upon the deck. I tried to lift him but he seemed to be dead. I cried for help and, when Wyatt recovered consciousness, he started talking nonsense. He was put in bed. The next morning he was quite recovered. I cannot say the same about his mental capacity. I avoided him during the rest of the trip. The captain warned me to say nothing on this matter to any person on board. I did so.

* * *

My curiosity became higher after the following happening. I got nervous and could not sleep well. The nights were hot and I kept my own state-room door open as well as the sliding door. I could see very clearly where Mr. Wyatt's state-rooms were located. It was eleven o'clock when Mrs. Wyatt left her husband's state-room in secret and entered the extra room. She remained there till early in the morning when she was called by her husband and went back: "They are going to divorce!" I thought.

There was another point. After the disappearance of Mrs. Wyatt into the extra state-room, I heard noises. They sounded as if Cornelius was trying to open the box with a tool. After this I heard a low sob. But it might have been produced by my own imagination. I had no doubt my friend had opened the oblong box to admire his piece of art. There was not any reason for sobs. It must have been my freak imagination. Before dawn I heard Wyatt replace the lid upon the oblong box. After that he left his state-room, fully dressed, and proceeded to call Mrs. Wyatt from hers.

When the ship passed Cape Hatteras we were caught in a hurricane. It became seriously damaged and we had to throw cargo overboard to make it lighter. Then we got on a lifeboat. We had no room for anything except some food and the clothes upon our backs. We were shocked when Wyatt refused to leave without the box.

"Sit down, Mr. Wyatt!" replied the captain.

"The box!" shouted Mr. Wyatt. "I beg you to go back for the box! It is not heavy!" He was desperate.

"Mr. Wyatt, sit down or you will swamp the boat. Hold him!" he ordered.

But Mr. Wyatt jumped from the boat and swam towards the ship. Then he got hold of a rope and soon he was on board running down into the cabin. We saw when the insane man dragged the oblong box and quickly passed several turns of a rope, first around the box and then around his body. Then both body and box were in the sea, disappearing forever.

We sailed slowly and sadly. After four days we landed upon the beach opposite Roanoke Island. We remained there a week until we got a boat to New York.

I met Captain Hardy in Broadway a month later. We talked about the loss of the *Independence* and Wyatt's sad destiny. Then I was told the following details.

The box held the dead body of Wyatt's newly married young wife. It was Wyatt's intent to return the body to his mother-in-law but bringing a dead body on board would have caused panic among the passengers. So Captain Hardy suggested that the body would be embalmed and covered with salt and put in a box. He would register the box as common baggage then.

Nothing was said about the woman's death. As Mr. Wyatt had already bought the passage for his wife, the woman's maid should take her place during the trip.

My own mistake arose from my too careless and inquisitive temperament. I can hardly sleep lately. There is a face that haunts me all the time with a hysterical laugh that will follow me forever.

# Hop-Frog

Once there was a bad-mannered king who lived only for jokes. His seven ministers were all jokers just like the king; and all of them were also large and very fat.

Our king had his fool, too. Because of his imperfection, the fool – also a dwarf – was nicknamed Hop-Frog by the ministers. The man could only walk by a mixture of an odd step and a contortion. This was the reason why the king and his ministers would give many laughs. Although Hop-Frog moved with difficulty, he had great performance climbing trees or ropes.

Hop-Frog and the dwarf dancer Trippetta had been captured from their homeland and given to the king as presents. Soon they became close friends.

Although the court laughed at Hop-Frog's jokes, he was not very popular. Trippetta, on the contrary, was admired for being beautiful and a nice dancer. She had influence and frequently used it in favor of Hop-Frog.

Once the king decided to give a masked ball. The night had already come and he called Hop-Frog and Trippetta because they were very talented. The court had already planned their characters and costumes... except the king and his ministers.

Hop-Frog and Trippetta went to the king's room. He and his ministers were all drinking wine. The king knew that wine would go right to Hop-Frog's head.

"Come closer, Hop-Frog," he said. "Drink this glass of wine and toast to the health of your absent friends. Then help us with creative costumes for the ball tonight. Wine will inspire you."

Hop-frog tried to answer with a joke but did not succeed. It was his birthday and the mention of his friends brought tears to his eyes.

"Ha! ha! ha!" laughed the king at Hop-Frog's faces. "Can you see what a glass of fine wine can do? Your eyes are shining so much!"

Poor Hop-Frog! His eyes were not shining but gleaming with tears, for the effect of wine on him was instantaneous.

Hop-Frog placed the glass of wine on the table and stared at everyone. They all seemed to be having fun making Hop-Frog feel sick.

"Come on," said the prime minister anxiously.

"Let's get down to work!" said the king. "We can't figure out which character we can choose. Hurry up! Any suggestions?" the king was impatient.

"I'm trying to think of something new," said Hop-Frog. He felt different after drinking the wine.

"Trying!" shouted the king mad at Hop-Frog. "What do you mean? Oh, you are in a bad mood. Come on! Drink more wine!" The king offered Hop-Frog another full glass.

Hop-Frog could not make up his mind – if he would take the glass or not. Trippetta kneeled before the king begging to spare her friend. The king pushed the young girl over the floor and threw wine in her face. Trippeta got up immediately and stood up by the table.

\*\*\*

Everybody kept silent. Then an annoying sound came from every corner of the room.

"Why are you making that noise?" asked the furious king.

"I? How could I have done it?" Hop-Frog seemed to have kept his balance.

"The noise probably came outside the window. It sounds like a parrot," one minister replied.

"I could swear it was Hop-Frog's teeth gritting," the king replied although he was not so sure.

Hop-Frog laughed and showed his huge and very ugly teeth. Then the king thought Hop-Frog wanted more wine and gave him another glass. Hop-Frog started talking about his plans for the masked ball.

"The moment your majesty pushed Trippetta over the floor," said Hop-Frog, "and while the parrot was making that weird noise, I had a funny idea. In fact we used to make fun of a custom in my hometown... But we would need eight people..." Hop-Frog took a break and sighed.

"There are eight of us! I and my seven ministers!" replied the king. "What are you planning?"

"The joke is called 'the Eight Chained Orangutans.' If well performed it can frighten the women to death," said Hop-Frog.

Everybody loved the idea. Hop-Frog promised the costumes would fit them so well that the court would take the king and his ministers as real apes.

"After you get dressed I will chain you. The court will be terrified when you start crying like savages and begin to shake the chains. They will believe you have escaped from your owners," explained Hop-Frog.

The king and his ministers were excited about Hop-Frog's idea. Hop-Frog's plan was about to start.

A real ape had never been seen by then. So Hop-Frog created very convincing costumes. They were all dressed up in very tight pants and shirts and then covered with tar. Hop-Frog put on a thick layer of straw. He thought the straw would look like fur. Next, a long chain was tied around the waist of the king, and then around each one of the ministers. When they were all chained together, Hop-Frog crossed the chain in the middle of the circle. An X was formed then.

The ballroom was oval. During the day the only light coming in was from a skylight placed in the center of the building. During the night it was illuminated by a chandelier suspended by a chain from the center of the skylight. If it was needed, the chandelier was lowered or elevated.

The arrangements of the room were always up to Trippetta. Hop-Frog suggested that the chandelier should be removed. Its waxen drippings would ruin the guests' costumes. Candlesticks were placed all over the room and torches in each of the fifty columns along the corridor.

Hop-Frog told the king and his ministers that they could only get in the room around midnight. By that hour the room would be full of people.

\*\*\*

At midnight the eight men entered the room, I mean, they rolled in because of the chains that made their movements harder. The king was excited with the horror of the guests. Luckily he had ordered to pick up all the room's weapons otherwise he and his ministers would have died. Some women fainted when they saw all those beasts. Many people ran to the door but it was closed as the king and Hop-Frog had arranged before.

While the people were screaming, scared to death, they did not notice that the chain which held the chandelier came down from the skylight in the middle of the room... with a hook at the end of it. The hook was swinging one meter from the floor.

When the king and his ministers found themselves in the middle of the room, Hop-Frog grabbed the hook and put it through the intersection of the two chains which crossed the circle. At that moment the hook was lifted. The king and his ministers were immediately taken up by the chain, all of them together and face to face.

Recovered from their initial alarm, the guests thought that it was one of the king's jokes. And they started laughing.

"I'll take care of them," shouted Hop-Frog. "If I glance at them I can tell who they are!"

Hop-Frog grabbed a torch from one of the columns and climbed up the chain like a monkey upon the king's head.

"I am going to find out who you are!" cried Hop-Frog.

Everybody started laughing – including the apes. Hop-Frog whistled sharply. At that very moment the chain flew up, lifting the eight scared men into the air.

Hop-Frog kept pointing the torch to them.

There was a silence and then a harsh noise broke down. It sounded like the noise that had been heard by the king when he threw wine in Trippetta's face. There could be no doubt that the sound came from the dwarf's fanglike teeth.

"I recognize these people now!" There was anger in his eyes when he threw the torch at one of the men and soon they all burnt into flames. The guests were filled with horror. They cried out but nothing could be done.

The flames grew more and Hop-Frog climbed up the chain.

"I can see clearly now what sort of people these men are. A king who hits a girl, and ministers who support him. As for myself, I'm the fool called Hop-Frog. And this is my last joke!"

The tar and the straw were highly combustible and as soon as Hop-Frog finished talking his revenge was done. The eight of them had turned into a horrible and burnt mass.

Hop-Frog threw his torch at the corps and went higher to the ceiling. After that he disappeared through the skylight.

It is heard that Trippetta was waiting for Hop-Frog on the roof and helped him. They had finally taken their revenge on the king and his ministers. It is supposed that Trippetta and Hop-Frog ran away to their country… Because they were never seen again.

# The black cat

I will die tomorrow and I need to relieve my soul.

I was a loving child since my childhood and very fond of animals. I spent most of my time feeding and caressing animals. To those who have loved a smart and faithful dog, there is no need to talk about satisfaction, gratification, and reward. The dog has a natural love for man and this love goes straight to the heart.

I married a woman who shared the same good feeling for all animals. We had birds, gold-fish, a dog, rabbits, a small monkey, and a cat. Our cat was a beautiful and intelligent large black animal. His name was Pluto and he was my favorite pet. Pluto followed me wherever I went about the house. Our friendship lasted many years. My temper and my character have changed for the worse then. I grew more moody and angrier. I did not care about the feelings of others. I started saying bad words to my wife and that made me feel so bad. Then I showed her and my pets personal violence. I abandoned them. But I still retained tenderness for Pluto. And that was enough to prevent me from mistreating him. I acted different with the rabbits, the monkey, or even the dog. I began to drink and stay out, and Pluto, who was older and bad tempered, felt the effects of my temper.

One night I got home drunk and the cat avoided my presence. So I grabbed it. It was frightened and bit my hand. In an irrational gesture, I took a penknife from my coat, grabbed the cat by the throat and cut off one of its eyes. This awful act of mine makes me blush even now.

The cat slowly recovered. I felt a horrible feeling when I looked at the hole of his lost eye. It did not seem to suffer any pain but it ran away at my approach.

l still had some affection for the creature, but this affection turned into deep irritation. And then came perverseness which led me to act against the cat. One morning, I hung the cat on a tree, killing it. I did it because I knew that it had loved me, and because I felt he had given me no reason of offense.

*** 

That same night I woke up with my house on fire. I escaped with my wife and maid before the house was burnt down.

The next day I visited the ruins. Only the wall which had rested the head of my bed had remained – the one recently plastered. Some people seemed to be examining what appeared to be the shape of a hung cat with a rope around its neck.

Upon the alarm of fire the garden had been filled by the people. Someone probably had cut the cat from the tree and had thrown it through an open window into my bedroom with the purpose of awaking me from sleep. The falling of other walls had compressed the animal into the plaster. The lime with the flames and the ammonia from the dead body had then performed the portrait as I saw it.

The ghost of the cat chased me for months. I started looking for another cat of similar appearance to take its place.

One night in a bar I saw a black cat just like Pluto except for the white fur covering all its breast. At my touch he arose delighted. I offered to buy it from the man I supposed to be his owner, but the man said he had never seen the cat before.

When I left the bar the cat came behind me and started living with us. A short time passed and it became my wife's favorite pet. Right after I began to dislike the cat. My rage built up when I found out the animal had a missing eye like Pluto.

Besides my hate to this cat, its fondness for me seemed to increase. He followed me all over the house. At such times, I longed to kill it with a blow but the memory of my former crime and the fear of the wild animal stopped me from doing that.

I am in a cell now and I feel embarrassed to confess the terror with which the cat inspired me. My wife had called my attention to the white hair in its chest. That was the only difference between him and the dead animal. It was an indefinite mark. Slight at the beginning, it turned out to assume the image of a gallows – instrument of horror and crime, agony and death! I was a beast who had destroyed another beast, which would never be blessed by God!

\*\*\*

During the day, the animal would not leave me alone. The thing used to wake me up with its hot breath at night.

One day my wife went with me to the basement of the building we were living in. The cat followed me down the stairs, which made me mad. I raised an ax to kill it, but I was stuck by my wife's hand. I became so angry that I smashed her skull with the ax instead. She fell dead without a groan.

Then I hid the body in a false fireplace in the basement. Its walls had lately been covered with a rough plaster, which the dampness of the air had prevented from hardening. I removed the bricks and put the body down against the inner wall. Then I laid the bricks and plastered the wall again. I looked around for the cat so that I could kill it, but I did not find it. I felt relief. It did not come during the night, and since its first day with us I could sleep deeply... Even with the load of a murder upon my soul!

Upon the fourth day some policemen came into the house and started an investigation. The policemen told me I had to go to the basement with them and so I did. I longed to say one word at least so my innocence would be clear. They were coming up the stairs when I said:

"That's so nice you don't suspect me. I wish you all health, and a little more courtesy. By the way, this is a very well built house. These walls were solidly put together," and

I rapped with a cane upon the place where my wife's dead body stood.

Then I was answered by a loud and inhuman cry from within the tomb!

I felt as if I was going to faint. The policemen still stood upon the stairs. Their faces were full of terror. Then they tore the wall apart and found out the rotten woman's body covered in blood. On her head, with one eye only, sat the horrible beast whose craft had taken me into murder, and whose voice had denounced me to the executioner. I had walled the monster up within the tomb!

# The Murders in the Rue Morgue

I was living in Paris when I met a man named Auguste Dupin in a bookstore. He was part of a good family, but had run into debt. We had a lot in common so we decided to rent an old and quiet house at my expenses only.

Nobody knew the place where we were living in complete loneliness. We used to close all the shutters in the daytime, light candles and start reading, talking, and writing until dark. Then we wandered around into the streets. During these walks I could admire Dupin's special skills of analysis.

One night we were walking when he made a remark about a short actor called Chantilly, who I had been thinking about. I was shocked that Dupin had found out who I was thinking about and asked him how he did it.

"First, when you knocked against a fruit vendor, then the trail led from thought to thought, tracing backwards: Chantilly, Orion, Dr. Nichols, Epicurus, Stereotomy, the street stones, the fruit vendor. We had been talking when a fruit vendor threw you down by accident. You stepped upon some stones under repair, slipped, strained your ankle and went on in silence. You kept your eyes upon the ground and I concluded that you were still thinking of the stones. When we reached a recently paved alley you murmured the term 'stereotomy,' very applied to this sort of pavement. I knew that you could not say to yourself 'stereotomy' without thinking of the theories of Epicurus about outer space that we had recently discussed. You had Greece on your mind when you looked up at the sky to see Orion. I linked these facts to a Latin quotation about Orion in the newspaper article about Chantilly we had read, 'He has ruined the old sound with the first letter'. The note was making fun of Chantilly's role in the play. After you saw the constellation you straightened your back and I realized that you thought about Chantilly's small height", he concluded.

It was amazing the way Dupin observed my behavior to understand what was coming to my mind.

\*\*\*

Not long after this, we read the newspaper headlines about a terrible crime in the Rue Morgue. Mother and daughter had been found killed on the fourth floor of their house. The room was locked from the inside which confused the policemen regarding the way the murderer escaped. Miss Camille L'Espanaye's body had been forced up into the chimney of her bedroom. There were many scratches upon her face and dark bruises upon the throat from the murderer's fingers. Mrs. L'Espanaye was found decapitated in the yard behind the building. Her body was thrown down from the window. Many of her bones were broken and bruises covered the woman's body.

Screams were heard inside the house but nobody could open the front door, for it was locked. When the neighbors and two policemen broke the door down it was already too late. As the group went upstairs the weird screams suddenly stopped. Inside the room was in chaos – the furniture broken and thrown about in all directions and on a chair a bloody razor was lying. On the hearth of the fireplace there were tufts of bloody hair, jewelry, and four thousand francs in gold. The woman's head came off when they tried to pick her body up. It appeared to be cut with the razor found upstairs.

Another article was published the following day. It detailed eyewitness reports of what each person had observed at the crime scene. The policemen had no idea why those crimes were committed. The murderer had not taken the gold or any other valuables.

The next morning paper brought the witnesses statements:

*Pauline Dubourg, laundress, said the woman and her daughter had no maid in employ.*

*Pierre Moreau, tobacconist, testified the women were unsatisfied with their tenant and moved themselves into the house.*

Isidore Muset, policeman, helped to force the gate open but at that moment the screams stopped. When Mr. Muset got to the first floor he heard two yelling voices. One was a gruff French voice and the other, shriller and strange, a foreigner's. He recognized the words "sacré" and "diable" of the former. Mr. Muset was not sure whether it was a man's or a woman's voice. The shrill voice seemed to be Spanish.

\*\*\*

Henri Duval, neighbor, declared the shrill voice was that of an Italian. It might have been a woman's voice. He does not know Italian well. The shrill voice was not the dead women's.

Odenheimer, restauranteur, from Amsterdam, needed an interpreter. He was passing by he house at the time of the screams. The shrill voice was from a Frenchman and he could not distinguish the words completely. The gruff voice said repeatedly "sacré", "diable", and once "mon Dieu".

Jules Mignaud, banker, confirmed that Mrs. L'Espanaye had opened a bank account eight years ago. She took out in person the amount of 4,000 francs the third day before her death.

Adolphe Le Bon, clerk at the bank, went with Mrs. L'Espanaye to her house with the francs. He did not see anybody in the street.

William Bird, tailor, Englishman, one of the first to go upstairs, thinks the gruff voice was French. The shrill voice sounded German. It might have been a woman's voice. He does not understand German.

Four witnesses deposed again. They declared Mrs. L'Espanaye's bedroom was locked on the inside when the group reached it. Everything was silent.

*Alfonzo Garcio, undertaker, Spanish, did not go upstairs. He declared the gruff voice was French and the shrill one appeared to be English although he does not understand English.*

*Alberto Montani, confectioner, Italian, identified the gruff voice as a Frenchman. He could not make out the words of the shrill voice wich were spoken quickly. He thought it was the voice of a Russian. He has never talked to a native of Russia.*

*Several witnesses testified that the chimneys of the fourth floor were too narrow to admit the passage of a human being. There is no back passage by which anyone could have gone down while the group went upstairs.*

*Paul Dumas, doctor, said there were several deep scratches below the girl's chin, with impressions of fingers. He concluded that the girl had been throttled to death by some person or persons. Her mother's dead body was awfully mutilated. Some bones were shattered as well as all the ribs of the left side. The witness said the woman's head was totally separated from the body and her throat cut with a razor.*

*Alexandre Etienne, surgeon, confirmed the testimony of Mr. Dumas. It is the first mysterious and perplexing murder committed in Paris. The police look for new clues.*

A final note in the evening edition of the paper mentioned that Adolphe Le Bon, the clerk, had been arrested for the crimes and put into prison although nothing appeared to incriminate him.

***

Dupin told me Le Bon had done him a favor once and he would ask the chief of police of Paris permission to visit the crime scene. He added that the police chief was not skilled enough to solve a murder.

After getting the permission we went to the Rue Morgue. Dupin examined the neighborhood before going inside the house. The bodies were still lying upstairs. My friend and I spent many hours there. The details were the same as the newspaper had described. On our way back home Dupin made a quick stop at one of our daily newspapers. Until next day he said nothing.

"Did you notice anything special at the crime scene?" he asked me.

"No, nothing further than we read in the newspaper," I replied.

"The police are worried about the absence of motive and not the murder itself. In investigations like that it should not be asked 'what has happened' but 'what has happened that has never happened before.' I shall soon find out the solution to this crime," he said.

I was paralyzed.

"I'm now waiting for someone who is connected with this horrible crime. He will come soon because of the advertisement in yesterday's newspaper. He is probably innocent. If he comes, we must detain him." And Dupin put one pistol in his pocket and gave another to me. Then he explained his reasoning.

"The evidences show the voices heard were not of the women in question; the old lady wasn't strong enough to thrust her daughter's dead body up the chimney. So the murder was committed by one person or more and their voices were heard then. The witnesses don't agree on the gender of the voice, nor its nationality. They haven't mentioned words at all, but sounds. By the way, the murderers didn't take any money and the gold was left behind. Why? Thick tresses of gray human hair were found on the hearth..." he could not stop talking.

Dupin also said that the police had overlooked the windows, which were operated by springs and could be opened from the inside. Though the police believed the windows were nailed shut, my friend found out a broken nail in one window. Dupin figured out that somebody could have opened the window, exited the room and closed the window from the outside without any suspicion. Someone or something with great skill could leap from the lightning rod outside the window to the shutters of the window.

"Now let's talk about the inhuman force used by the murderers." And he opened his hand with a little tuft of hair he had taken from Mrs. L'Espanaye's fingers.

That was not human hair, definitely.

Then Dupin draw a picture of the shape and size of the hand that killed the women. He asked me to place my fingers in the same way. There was no doubt! The hand matched the paw of an orangutan from the East Indian Island.

"The orangutan might have escaped from a French sailor, since, at the base of the lightning rod, was found a ribbon knotted in a naval way. The sailor was aware of the murder and couldn't capture the animal. If the Frenchman is innocent, this ad which I left at Le Monde last night will bring him to our house", my friend handed me a newspaper bearing the advertisement he had placed on our way from the Rue Morgue, declaring he had captured an orangutan and that the owner should come to recognize the animal at our house.

***

We heard a step upon the stairs. We had left the front door open and so the visitor entered without ringing.

"Come in," said Dupin.

A man entered. He was a sailor, tall and strong. He said "good evening" in French.

"Sit down, my friend," said Dupin. "I believe you are here to talk about the orangutan. It is of great value."

"Have you got him here?" he seemed relieved.

"Oh, no! He is at a stable. But you can get it in the morning. Is it yours?"

"Yes, it's mine. I'd like to pay a reward for him," said the sailor.

"Oh! My reward shall be all the information about these murders in the Rue Morgue," said Dupin standing up and locking the door. Then he took the pistol out of his pocket and put it upon the table.

The sailor blushed and his body started to shake.

"Don't be afraid," Dupin tried to calm the sailor down. "We know you are innocent of the murders in the Rue Morgue. The problem is an innocent man is in prison for a crime he has not committed. I'm sure you can point out the guilty one," he said in a kind voice.

"Help me God!" he said after a pause. "I will tell you what happened."

He told the following story. He happened to capture the orangutan on a trip to Borneo and succeeded taking the animal to his own house in Paris in spite of its ferocity. He kept the animal apart. The night of the murder he found the orangutan in his bedroom grabbing a razor and trying to shave itself. It had probably seen his master shaving himself through a keyhole. The sailor was used to calm down the creature with a whip and decided to use it once more.

When the orangutan noticed it was going to be punished, it suddenly moved through the door of the room down the stairs, and through an open window, into the street.

The sailor followed the animal. In passing down an alley in the rear of the Rue Morgue, the orangutan saw a light gleaming from the open window of Mrs. L'Espanaye's bedroom, on the fourth floor of her house. He climbed the lightning rod, grasped the shutter and threw it back against the wall and swung itself upon the headboard of the bed. Then the shutter was kicked open again by the animal as it got into the room.

*\*\*\**

The sailor thought he would recapture the animal. He climbed the lightning rod then. When he arrived at the window he looked inside the room and felt horror. That was when those terrible screams were heard upon the night. Mrs. L'Espanaye and her daughter were organizing some papers in the iron chest, which had been pushed into the middle of the room. The chest was open and its content lay beside it on the floor. The women must have been sitting with their backs toward the window when the animal got in the room. Probably, they thought the flapping of the shutter was the result of the wind and did not pay attention to it.

When the sailor looked in, the animal had taken Mrs. L'Espanaye by the hair, waving the razor about her face as a barber would. Camille had fainted. The screams and efforts of the old woman had probably changed the pacific purposes of the orangutan into those of anger. With one movement it almost cut her head from her body. Its anger turned to excitement at the sight of blood. Eyes in flames, it flew upon the girl's body and fixed its claw in her throat until she died. When the animal glanced at the head of the bed it saw the face of its master, full of horror. Aware of its up coming punishment, the beast skipped around the bedroom, throwing down and breaking the furniture, dragging the bed from the bedstead. Finally the orangutan grabbed the girl's dead body, and pushed it up the chimney, as it was found. Then it threw the old lady's body through the window.

When the sailor saw the ape was coming by the window with the mutilated body, he drew back, grabbed the rod, slid until the bottom, and hurried home. The words heard by the group upon the stairs were the Frenchman's cries of horror combined with the cruel and quick animal's babbling talk. The orangutan might have closed the window when it passed through it and escaped by the rod before the men broke into the room.

After the narrative the sailor finally caught the orangutan and sold it for a large sum at the *Jardin des Plantes*.

We told the whole story to the Chief of Police and Le Bon was finally set free. The Chief was sarcastic about the propriety of every person minding his own business.

"I'm happy I defeated him in his own castle. The Chief is a good man although he denies what is, and explains what is not'," my friend concluded.

# Glossary

## Nouns

advertisement – anúncio, propaganda (forma reduzida: *ad*)
after-cabin – cabine de trás
alley – ruela, beco, alameda
ammonia – amônia, amoníaco
anger – raiva, ira
ankle – tornozelo
ape – macaco (no sentido geral, inclusive gorilas e chimpanzés)
approach – aproximação
arrangement – providência
astonishment – espanto, surpresa
ax – machado
back – costas (de pessoas, animais)
bad temper – mau humor
bad word – palavrão
ballroom – salão de baile
bank account – conta bancária
basement – porão
beast – besta, fera
bedstead – cabeceira da cama
beginning – começo
behavior – comportamento
belongings – pertences
blow – golpe, pancada
board – bordo
bookstore – livraria
breast – peito
breath – respiração, hálito
brick – tijolo
bruise – contusão, hematoma

building – construção, prédio
candlestick – castiçal
cane – bengala
cart – carrinho (para transportar algo)
ceiling – teto
cell – cela
chain – corrente
chandelier – candelabro, lustre
character – caráter, personagem
chest – peito, tórax; baú, arca
childhood – infância
chimney – chaminé
chin – queixo
claw – garra de animal
clerk – empregado (banco, escritório etc.)
clue – pista
confectioner – confeiteiro
consciousness – consciência
content – conteúdo, índice (normalmente usado no plural)
contortion – contorção
corner – canto (de lugar); esquina
corpse – cadáver
costume – fantasia, traje festivo
court – corte (da realeza)
courtesy – cortesia, educação
craft – astúcia
dampness – umidade
dawn – alvorada, aurora
debt – dívida

dock – cais
doubt – dúvida
dwarf – anão
effort – esforço
excuse – desculpa
executioner – executor, carrasco
expense – despesa, custas
eyewitness – testemunha ocular
falling – queda
fear – medo
feeling – sentimento
fireplace – lareira
flapping – batida, balanço
fondness – carinho, afeição
fool – bobo (da corte)
foreigner – estrangeiro
franc – franco (moeda francesa até o ano de 2002)
freak – louca, doentia
friendship – amizade
fruit vendor – vendedor de fruta
fur – pelo, pele (de animal)
gallows – forca
gender – gênero
gesture – gesto
ghost – fantasma
gleam – lampejo, fulgor
groan – gemido
hardening – endurecimento
headline – manchete (de jornal)
head of the bed – cabeceira
health – saúde
hearth – chão (da lareira)
height – altura
hole – buraco
homeland – terra natal, país natal
hook – gancho
hurricane – furacão
intellect – intelecto, inteligência
intent – intenção
intersection – intersecção
invitation – convite
iron – ferro

jew – judeu
joke – piada
keyhole – buraco de fechadura
Last Supper – Última Ceia
laundress – lavadeira
layer – camada
length – comprimento, extensão
lid – tampa
life boat – bote salva-vidas
lightning rod – para-raios
lime – cal
loneliness – solidão
luggage – bagagem
maid – empregada doméstica, criada
masked ball – baile de máscaras
matter – assunto
mention – menção, alusão
middle – meio, do meio
mixture – mistura
mood – humor
mother-in-law – sogra
murder – assassinato
neck – pescoço
nonsense – algo sem sentido, absurdo
note – comentário, bilhete
oblong – retangular
owner – dono, proprietário
pain – dor
parrot – papagaio
pavement – calçada, o meio da rua
paw – pata (de animal)
penknife – canivete
penny – centavo
performance – desempenho
perverseness – perversidade
pet – animal de estimação
pine – pinho
plaster – reboco
portrait – retrato
punishment – castigo, punição

purpose – propósito, motivo
quotation – citação
rage – raiva, fúria
razor – navalha, aparelho de barbear
reasoning – raciocínio, argumento
relief – alívio
remark – comentário, observação
revenge – vingança
reward – prêmio, recompensa
rib – costela
rod – cano, haste
role – papel (ator, atriz)
roof – telhado
room – vaga
rope – corda
ruin – ruína
schoolmate – colega de classe
scratch – arranhão
shape – forma, figura
shutter – veneziana
skill – capacidade, habilidade
skull – crânio, caveira
skylight – claraboia
sob – soluço
soul – alma
spring – mola
stable – cocheira
statement – declaração, afirmação
state-room – cabine (trem, navio)
step – passo

stereotomy – estereotomia (técnica de cortar pedra ou madeira para pavimentos)
straw – palha
sum – soma de dinheiro
suspicion – suspeita, desconfiança
tar – betume
taste – gosto
temper – temperamento, gênio
tenant – inquilino (a)
tenderness – carinho, ternura
throat – garganta
tomb – túmulo, sepultura
tool – ferramenta
torch – tocha, toucheiro
touch – toque
trail – pista, trilha
tress – mecha
tuft – tufo (de cabelo)
turn – volta
undertaker – agente funerário
upstairs – andar superior
valet – criado (homem)
veil – véu
waist – cintura
walk – caminhada, passeio a pé
wall – muro, parede
waxen dripping – gotas de cera
whip – chicote
width – largura
wine – vinho

# Verbs and phrasal verbs

to allow – permitir
to apply – aplicar, usar
to arise – surgir
to arrange – arranjar, arrumar
to assume – supor, presumir
to avoid – evitar

to awake – acordar
to babble – balbuciar algo sem sentido
to be able – ser capaz
to bear – suportar
to be excited – estar animado

to beg – implorar
to behave – comportar-se
to be up to somebody – depender de, ficar a cargo de alguém
to bite – morder
to bless – abençoar
to blush – corar
to break down – arrombar, derrubar
to break into – arrombar
to build up – aumentar
to burn down – destruir (pelo fogo)
to call one's attention – chamar a atenção de alguém
to calm down – acalmar
to care – importar-se
to caress – acariciar
to chase – perseguir
to check – conferir, verificar
to climb – subir (árvores etc.)
to climb up – subir (com esforço)
to come by – passar por perto
to come off – desprender, soltar
to compress – comprimir, pressionar
to cross – cruzar
to cut off – remover, cortar
to damage – danificar
to deceive – enganar
to defeat – derrotar
to depose – declarar, depor em juízo
to dislike – não gostar de
to drag – arrastar
to draw – puxar
to draw back – recolher-se
to embalm – embalsamar
to embark – embarcar
to embarrass – envergonhar
to exist – existir
to faint – desmaiar
to feed – alimentar
to figure out – imaginar, supor

to fill – preencher, ocupar
to find out – descobrir
to flirt – flertar, paquerar
to fly – voar
to get dressed – vestir-se, aprontar-se
to get in – entrar
to get into – entrar em algum lugar
to get on – embarcar, subir
to get up – levantar-se
to glance at – olhar rapidamente, dar uma olhada
to gleam – brilhar
to go about – andar (sem rumo), vagar
to go on – continuar
to grab – agarrar, pegar
to hang – pendurar
to happen – acontecer, ocorrer
to haunt – assombrar
to hide – esconder
to hit – bater
to hold – segurar
to hurry up – apressar-se
to increase – aumentar
to introduce – apresentar
to kick – chutar
to knock against – dar de encontro sem querer, esbarrar
to knot – dar nó, atar
to land – alcançar, chegar (de navio, barco)
to last – durar
to lay – pôr, colocar
to lead – conduzir, guiar
to lift – levantar
to link – unir, ligar
to live – morar
to lock – trancar
to long – ansiar, não ver a hora de
to look up – olhar para cima, erguer os olhos

to lower – baixar, diminuir
to make fun of – ridicularizar, tirar sarro de
to make up one's mind – decidir-se
to match – combinar
to mind one's own business – cuidar da própria vida
to mistreat – maltratar
to nail – pregar
to nickname – apelidar
to notice – notar, observar
to overlook – não reparar, fazer vista grossa, ignorar
to pave – pavimentar
to perform – representar
to pick up – pegar algo
to place – colocar, situar
to plaster – rebocar, colocar reboco
to play a joke – pregar peça, fazer piada
to point – apontar com o dedo
to proceed – prosseguir
to push up – empurrar, forçar, pressionar
to put down – largar
to raise – levantar
to rap – bater (secamente)
to realize – perceber
to recover – recuperar
to regret – arrepender-se, lamentar-se
to relieve – aliviar
to remain – permanecer
to rent – alugar
to rest – sobrar, restar, apoiar-se
to retain – manter, guardar
to revenge – vingar-se de
to roll – rolar
to roll in – entrar (rodando), rodar
to ruin – arruinar
to run away – fugir
to run down – correr rapidamente para um nível abaixo
to run into debt – endividar-se
to sail – viajar de navio, navegar
to scratch – riscar, arranhar
to scream – gritar
to send out – produzir, emitir
to set free – soltar, libertar
to share – dividir, repartir
to shatter – quebrar, despedaçar
to shock – chocar, escandalizar
to shut – fechar
to shut up – calar a boca
to skip – saltar, pular
to slide – escorregar, deslizar
to slip – escorregar
to smash – esmagar
to spread – espalhar, passar
to stand up – ficar em pé, levantar-se
to stay out – permanecer, ficar (fora de casa mais do que esperado)
to straighten – endireitar
to strain – esticar
to succeed – ter êxito, ser bem-sucedido
to suffer – sofrer
to support – apoiar
to suppose – supor, pressupor
to swamp – afundar
to swing – balançar, girar
to take care of – tomar conta de
to take out – retirar
to take out (pistol) – tirar
to take up – ocupar (espaço, tempo); suspender, erguer, levantar
to throttle – estrangular
to throw – jogar (com as mãos)
to throw back – arremessar, atirar
to throw down – arremessar, derrubar, jogar ao chão
to thrust – empurrar
to trace – seguir a pista
to turn – virar

to turn into – transformar-se em, tornar-se
to turn out – passar a
to tye – amarrar
to wake up – acordar
to wander around – andar sem rumo

to warn – advertir, alertar, avisar
to wave – acenar, abanar a mão
to whistle – assobiar
to yell – gritar

# Expressions and Adjectives

absent – ausente
all over – por toda parte
although – embora, mesmo que
among – entre (vários)
angry – irado, zangado
annoying – inoportuno, irritante
as if – como se
as soon as – assim que
as well as – bem como
at all – em absoluto, de modo algum
at least – por último, finalmente
at such times – nessas horas
aware – ciente
awful – terrível
awfully – extremamente, imensamente
backwards – para trás, de costas
bad-mannered – mal-educado
beloved – amado, querido
besides – além de, também
bloody – sangrento
by accident – por acaso
by the time then – até então
by the way – a propósito
clever – inteligente
close – próximo ou íntimo
convinced – convencido
deep – profundo
delighted – encantado
despite – apesar de

disgusting – repugnante, nojento
drunk – bêbado
face to face – cara a cara
faithful – fiel, leal
farther – mais distante
following – seguinte
fond – gostar de
former – anterior, antigo
freshly – recentemente
frightened – aterrorizado
fully – completamente
funny – engraçado
further – mais distante
gruff – áspera, rouca
guilty – culpado
hardly – mal, dificilmente
harsh – áspero
headboard – painel, cabeceira
heavy – pesado
highly – altamente
however – porém, entretanto
hung – pendurado
in flames – em chamas
influential – influente
inhuman – desumano, cruel
inner – interna
inquisitive – curioso, indiscreto
insane – louco
in spite of – apesar de
instead – em vez de
keep silent – ficar quieto

109

**keep the balance** – manter o equilíbrio
**lacking class** – sem classe
**lately** – ultimamente, recentemente
**lettered** – inscrita
**lighter** – mais leve
**loving** – carinhoso, dedicado
**moody** – temperamental
**narrow** – estreito, apertado
**nearly** – aproximadamente, quase
**newly** – recentemente
**nothing further** – nada mais
**odd** – estranho, esquisito
**on board** – a bordo
**on fire** – em chamas
**on someone's expenses** – às custas de alguém
**on the contrary** – ao contrário
**ordinary** – comum
**own** – próprio
**peculiar** – estranho, especial
**pleasant** – agradável
**purpose** – propósito
**quite** – bem, bastante
**rear** – de trás, traseiro
**regarding** – a respeito de
**right after** – logo depois
**rotten** – podre
**rough** – áspero

**rude** – grossa, de modos grosseiros
**sadly** – tristemente
**several** – alguns, vários
**sharply** – intensamente
**short time** – pouco tempo
**shrill** – aguda, penetrante
**skilled** – capacitado
**sliding** – de correr
**slight** – leve, sem importância
**straight** – direto
**stuck** – imobilizado
**talented** – talentoso, hábil
**talkative** – falante, tagarela
**thick** – grosso, espesso
**through** – através de, entre,
**tight** – apertada, justa
**till** – até
**toward** – em direção a
**upcoming** – próximo de acontecer
**upon** – sobre, em cima de
**up to** – até
**upward** – para cima
**used to** – acostumado a
**weird** – estranho, esquisito
**what sort of** – que tipo de
**wherever** – onde quer que
**wider** – maior
**wild** – selvagem
**within** – dentro

# O PAI DAS HISTÓRIAS MODERNAS DE DETETIVE

Histórias de detetive são facilmente encontradas na literatura, no cinema e em diversas séries de TV. A fórmula é quase sempre a mesma: há um crime, um detetive perspicaz e um mistério a ser resolvido. Parece inconcebível pensar que esse gênero policial não esteve sempre em nossas vidas. Mas sua origem é clara e fácil de ser determinada: o ano de 1841. Foi nele que Edgar Allan Poe lançou *Os crimes da Rua Morgue* ("The Murders in the Rue Morgue"). Nunca antes o suspense, o macabro e o policial haviam sido de tal forma explorados em uma narrativa, denominada pelo autor como "uma história de raciocinação". Era o nascimento de uma nova era.

Edgar Allan Poe nasceu em 1809 em Boston, Estados Unidos. Filho de atores, ele conheceu a tragédia muito cedo na vida, com a morte da mãe e o abandono do pai quando tinha apenas dois anos de idade. Ele foi acolhido por John Allan, um comerciante bem-sucedido de Virgínia, e a esposa. Mais tarde, Poe viria a adotar o sobrenome dos pais adotivos como seu nome do meio. Quando completou 17 anos, foi enviado para a Universidade da Virgínia para completar os estudos, mas seu envolvimento com jogos de

O autor Edgar Allan Poe (1809-1849).

azar resultou em muitas dívidas logo no primeiro ano e seu pai adotivo se recusou a continuar arcando com as despesas. Retornando à casa dos pais, Poe viu-se ainda mais devastado quando descobriu que a mulher que ele amava havia ficado noiva de outro homem.

Depois desses aborrecimentos, ele se mudou novamente para Boston e lá publicou os primeiros poemas. Seus escritos, no entanto, não eram suficientes para sustentá-lo e ele se alistou no exército, no qual serviu por dois anos. Em 1829, foi enviado para uma academia militar, mas sua aversão à escola culminou em uma expulsão pouco tempo depois.

Em Boston, Poe tentou ganhar a vida como escritor e teve algum sucesso, ganhando, em 1833, um concurso de contos. Mas seu reconhecimento como um escritor talentoso não significava que ele estava ganhando muito dinheiro com isso. Por esse motivo, trabalhou como crítico literário e editor por muitos anos, sendo conhecido por ser um crítico severo, que não perdoava erros de métrica e linguagem.

Capa do livro Tamerlane and other Poems, a primeira coleção de poemas reunida em um livro escrito por Edgar Allan Poe, publicada em julho de 1827.

113

Coleção particular

*O corvo, ilustrado por Gustave Doré em 1885.*

Poe finalmente casou-se com uma prima em 1836.

Entre um emprego e outro, Poe escreveu vários contos, incluindo *A caixa retangular* ("The Oblong Box") e *O gato preto* ("The Black Cat"), e seu único romance, *Os crimes da rua Morgue*, considerado o pontapé inicial de um novo gênero, atualmente definido como histórias de detetive, um estilo que seria mais tarde explorado por Arthur Conan Doyle (criador do detetive Sherlock Holmes) e Agatha Christie, uma das maiores escritoras de livros de mistério. Em 1845, Poe publicou o seu poema mais conhecido, *O corvo* ("The Raven"), uma obra-prima do macabro, que viria a influenciar outros tantos autores, incluindo o mestre do terror contemporâneo, Stephen King, e muitos outros escritores de peso mundo afora – entre eles o grande poeta português Fernando Pessoa, que traduziu esse grande poema. Poe continuou publicando contos e poemas, como *O último pulo do sapo* ("Hop-Frog") e *Annabel Lee* (1849).

Poe morreu tragicamente em 1849, com apenas 40 anos de idade, sob circunstâncias não esclarecidas, após ser encontrado vagando, fora de si, pelas ruas.

## O suspense, o macabro e o sobrenatural

Edgar Allan Poe , o escritor que inventou os contos de terror e mistério, sempre teve um apreço especial pelo macabro, provavelmente resultado das influências do Romantismo e devido a seu fascínio pelo sobrenatural. Preso entre sonhos mirabolantes e um metodismo preciso que influenciou sua métrica, rimas e narrativas, ele criou contos de suspense, repletos de mistérios e de segredos macabros, que transcendem a realidade. Sua obra é uma mistura estranha de ficção científica, terror e histórias de detetive que funciona perfeitamente e atrai leitores ávidos até os dias de hoje.

Suas obras já foram adaptadas várias vezes para o cinema e para as telinhas, e não é incomum autores usarem sua figura – e seu corvo – como referência. A primeira adaptação veio com *A queda da casa de Usher*, filme mudo lançado em 1928. Outros se seguiram, como *Os assassinatos da Rua Morgue* (1932), *O solar maldito* (1960) e *O poço e o pêndulo* (1961). Mais recentemente, o escritor e a sua obra deram origem ao filme *O corvo* (2012) e à aclamada série *The following* (2013). Em 2013, foi lançada no país a minissérie de horror *Contos do Edgar*.

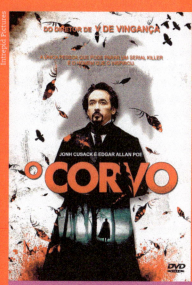

Cartaz do filme *O corvo*, de 2012.

## Informações disponíveis em:

- https://www.britannica.com/biography/Edgar-Allan-Poe
- https://escola.britannica.com.br/artigo/Edgar-Allan-Poe/625722
- https://ultimosegundo.ig.com.br/cultura/cinema/2012-05-20/os-10-melhores-filmes-baseados-em-edgar-allan-poe.html
- https://www1.folha.uol.com.br/ilustrada/1233795-obra-de-edgar-allan-poe-inspira-serie-com-kevin-bacon.shtml

# Telma Guimarães

Nasci em Marília, São Paulo, mas moro em Campinas há muitos anos. Publiquei meu primeiro livro ainda como professora de Inglês, profissão que exerci com muita alegria. Já havia publicado mais de 40 títulos quando decidi que não poderia mais continuar a fazer as duas coisas. Como sou formada em Letras Vernáculas e Inglês e fui aluna de intercâmbio nos Estados Unidos, achei que poderia escrever também nessa língua de que gosto tanto. Deu certo! Sou autora de quase 200 livros infantis e juvenis, em português e inglês. Para as adaptações, eu consulto várias publicações da obra, analiso e comparo algumas delas até começar a minha. Leio sobre o autor e descubro detalhes em sua história que, de certa forma, são pulverizados ao longo do texto. Depois, faço um levantamento dos personagens e, só então, dou início ao meu texto, que precisa ser mais curto e de fácil leitura. Trabalho longo, mas extremamente enriquecedor para mim!

Edgar Allan Poe é um de meus autores preferidos. A primeira vez que tive contato com seus textos foi na escola onde fui aluna de intercâmbio, nos Estados Unidos. Que impacto seus contos me causaram! Acredito que nas primeiras noites tive medo, pois os personagens e seus feitos pareciam tão reais!

Poeta, escritor, editor, crítico literário, escreveu seu conto policial mais famoso, "Os crimes da Rua Morgue", que inspirou tantos outros autores depois a também escreverem histórias de suspense. Gosto muito de seus contos de terror e mistério, que revolucionaram a literatura da época: "O gato preto", também bastante conhecido, "A caixa retangular" e "O último pulo do sapo", esses não tão famosos, mas igualmente surpreendentes!

Já na Faculdade de Letras, estudamos durante um ano seus poemas e seu ensaio "A Filosofia da composição", no qual o próprio autor analisa seu poema mais famoso, cujo refrão tão conhecido é "Lamentou-se o Corvo, nunca mais". Infelizmente morreu ainda jovem, aos 40 anos, mas ficaram suas obras e seu contos de arrepiar!

# Rogério Borges

Publiquei meus primeiros *cartoons* aos 12 anos até chegar a uma carreira premiadíssima de ilustrador e artista plástico.

Cursei Comunicação Visual na Fundação Armando Álvares Penteado (Faap), em São Paulo. Trabalhei para diversas editoras e, a partir de meados dos anos 1980, entreguei-me também à pintura, paralelamente aos projetos editoriais e trabalhos de ilustração *freelancer* para editoras de São Paulo, Rio de Janeiro, Belo Horizonte, Curitiba e Porto Alegre.

Participei de diversas exposições e mostras nacionais e internacionais, em cidades como Frankfurt, na Alemanha, Bolonha e Roma, na Itália, Gotemburgo, na Suécia, e Bratislava, na Eslováquia.

Recebi ao longo da carreira prêmios importantes, como da Associação Paulista dos Críticos de Arte, da Fundação Nacional do Livro Infantil e Juvenil (Selo Altamente Recomendável e Melhor Ilustração), da Unesco (Unesco Prize for Children and Young People's Literature) e Prêmio Jabuti na categoria Ilustração. Também participei de diversos catálogos importantes, como o White Ravens 2014, da Biblioteca Internacional da Juventude, sediada em Munique.

Sempre fui fã dos contos de mistério. Ilustrar Edgar Allan Poe foi uma bela oportunidade para mim, porque muitas vezes lendo seus livros fiz filmes na minha cabeça. Usei técnicas diferentes em cada um dos contos na busca de uma linguagem própria para o universo abordado, mas sempre procurando dar o clima de mistério tão presente nas obras desse mestre do terror e suspense.

*Impresso em papel off set 90g/m².*
*Foram utilizadas as famílias tipográficas PMN Caecilia e ITC Flora Std.*